나 여기 있으리

햇빛 속에 그리고 그늘 속에

Ich werde hier sein im Sonnenschein und im Schatten
Christian Kracht

First published in the German language as *Ich werde hier sein im
Sonnenschein und im Schatten* by Christian Kracht.

Copyright © 2008 by Verlag Kiepenheuer & Witsch GmbH & Co. KG,
Köln/Germany
Korean Translation Copyright © 2012 by Moonji Publishing Co., Ltd.
All rights reserved.

This Korean edition was published by arrangement with
Verlag Kiepenheuer & Witsch GmbH & Co. KG.

이 책의 한국어판 저작권은 저작권사와 독점 계약한 ㈜문학과지성사에 있습니다.
저작권법에 의해 보호받는 저작물이므로 무단 전재 및 복제를 금합니다.

나 여기 있으리

햇빛 속에 그리고 그늘 속에

크리스티안 크라흐트 지음 — 배수아 옮김

문학과지성사
2012

크리스티안 크라흐트 Christian Kracht

1966년 스위스에서 태어나 뉴욕의 세라 로런스 칼리지에서 공부했다. 독일에서 저널리스트로 활동했으며, 1990년대 중반 『슈피겔』의 인도 특파원으로 뉴델리에 갔다. 그 뒤 아시아 국가들을 여행했으며, 그의 여행기는 독일 주간지 『벨트 암 존탁』에 게재되고 책으로도 출간됐다. 1995년 출간한 첫 소설 『파저란트』는 평단의 관심과 격렬한 논쟁을 불러일으켰으며 독일 현대문학의 새로운 조류를 대표하게 되었다. 작가 에크하르트 니켈과 함께 잡지 『데어 프론트』를 발행하고, 2006년에는 북한을 방문한 뒤 사진집 『총체적 기억─김정일의 북한』을 출간하는 등 작가이자 저널리스트로 활발하게 활동하고 있다. 소설 『파저란트』『1979』『나 여기 있으리 햇빛 속에 그리고 그늘 속에』는 14개 국어로 번역되었으며, 2012년 신작 소설 『임페리움』은 출간 즉시 큰 호응을 불러일으키며 화제작으로 떠올랐다.

옮긴이 배수아

1965년 서울에서 태어나 이화여자대학교 화학과를 졸업했다. 1993년 『소설과사상』으로 등단했으며, 지은 책으로 소설집 『푸른 사과가 있는 국도』『바람 인형』『훌』과 중편소설 『철수』, 장편소설 『일요일 스키야키 식당』『에세이스트의 책상』『독학자』『당나귀들』『북쪽 거실』『서울의 낮은 언덕들』등이 있다. 옮긴 책으로 『나의 첫 번째 티셔츠』『불안의 꽃』등이 있다. 2003년 한국일보 문학상을, 2004년 동서문학상을 수상했다.

나 여기 있으리 햇빛 속에 그리고 그늘 속에

펴낸날	2012년 3월 30일
지은이	크리스티안 크라흐트
옮긴이	배수아
펴낸이	홍정선
펴낸곳	**(주)문학과지성사**
주소	121-840 서울 마포구 서교동 395-2
전화	02)338-7224
팩스	02)323-4180(편집) / 02)338-7221(영업)
등록번호	제10-918호(1993. 12. 16)
전자우편	moonji@moonji.com
홈페이지	www.moonji.com
ISBN	978-89-320-2291-8

내 아내 프라우케 핀스터발더에게

"이 세계에 인간은 단 한 명도 없고 오직 풀만이
무성하게 자라나 있다면, 그리고 토끼만이 우글거린다면,
생각만으로도 정말 아름답고 깨끗하지 않은가?"
D. H. 로런스

"Ukaipa dziwa kuwina."
외모가 못생겼다면, 춤을 배워라.
니안자족* 속담

---

* 동아프리카 반투 민족의 하나이며 체와족이라고도 한다.

차례

일러두기

1. 이 책은 Christian Kracht의 *Ich werde hier sein im Sonnenschein und im Schatten*(Köln: Verlag Kiepenheuer & Witsch, 2008)을 우리말로 옮긴 것이다.
2. 본문의 각주는 모두 옮긴이의 것이다.
3. 맞춤법과 외래어 표기는 1989년 3월 1일부터 시행된 「한글 맞춤법 규정」과 『문교부 편수자료』『표준국어대사전』(국립국어연구원)을 따랐다.

I

멀리서 들리던 포성이 처음으로 멈춘 밤이었다. 밤은 고요하기만 했다. 나는 돌바닥에서 잠든 개의 불규칙한 숨소리를 들었다. 개는 앞발을 간헐적으로 떨었는데, 아마도 꿈을 꾸는 것 같았다. 거무스름하게 색이 변한 잠옷 차림으로 나무 침대에 누운 나는 피부 위를 기어다니는 벼룩 등의 벌레가 보일 때마다 눌러 죽여가면서 담배를 피웠다. 담요는 더러운 데다 베개에서는 땀 냄새가 진동했으므로 나는 쉽게 잠을 이루지 못했다.

다음 날 아침, 동이 트기도 전에, 사환이 설탕을 넣지 않은 뜨거운 홍차를 가지고 왔다. 그리고 내가 차를 마시는 동안 몽골로이드 사환은 내가 장화를 신는 것을 돕고 장딴지에 털가죽 끈을 감아 고정했다. 개는 문가에 앉아 있었다. 겨울의 막바지인데도 실내는 몸이 덜덜 떨릴 만큼 추웠다. 지난주 내내 눈이 그치지 않고 내렸다.

"다 됐나?"

"네 장교님" 하고 사환이 대답했다. "모자만 쓰시면 됩니다. 밖이 무척 춥습니다. 영하 15도입니다."

"고맙네."

복장을 갖추고 수첩을 외투 주머니에 넣은 나는 문을 열고 밖으로 나왔다. 개는 뒤따라 나오지 않았다. 오늘은 브라친스키의 날이다.

나는 뉴베른의 당 지도원이며 내 모자에는 스위스를 상징하는 붉은색과 흰색의 마크가 달려 있다. 우리 제5군단은 일주일 전에 이 도시를 다시 탈환한 상태였다. 눈에서는 쇠 냄새가 났다. 얼어붙은 눈이 내 장화 아래서 뽀드득 소리를 내며 바스라졌다. 물웅덩이를 디디자 얼음이 깨지며 물이 튀었다. 얼음의 표면 아래에 찢어낸 독일 책 한 장이 가라앉아 있었다. 얼음이 맑아서 한 문장 한 문장 거의 다 알아볼 수 있을 정도였다. 가로수 길을 따라 걸어가는데 어디선가 나무 문짝이 닫히는 소리가 들렸다. 놀란 까마귀들이 갑자기 날아올랐다. 푸른색으로 반짝이는 투명한 고드름들이 여기저기 늘어진 전선에서 뚝뚝 떨어져 내려 바닥에서 산산조각이 났다. 박살 난 모르핀 앰풀이 사방에 흩어져 있다. 태양이 솟아올랐다. 대기는 조금도 따뜻해지지 않았다.

부드러운 흙이 대지를 덮고 있던 여름은 도대체 어떤 계절이었을까? 얼굴들이 잊히는 것처럼, 이제는 여름도 더 이상 기억나지 않았다. 계절의 구분은 사라져버렸다. 날씨는 특별히 화창해지지도, 특별히 사나워지지도 않고 눈에 띄는 사철의 변화도 사라졌으며 밀물과 썰물, 해수면의 파도, 달의 주기적 변형도 없어졌다. 전쟁은 이제 아흔여섯번째 해로 접어들었다. 여름의 원래 모습을 한, 그런 여름이 마지막으로 왔던 때가 언제였던가? 마지막 보름달이 있었던 때는? 그런 기억은 시간의 물살에 모두 씻겨 가버렸다. 동양의 힌두스탄인들은 지금이 칼리 유가*의 시대라고 한다. 사람들은 지나간 시간을 아무것도 기

---

* Kali Yuga: 산스크리트어로 "(악마) 칼리의 시대", "악의 시대"라는 뜻으로, 힌두스탄인들의 우주론에서 네 개의 시기 중 마지막 시기에 해당한다. 분쟁, 불화, 파괴의 시대로 인간이 신으로부터 멀어져 문명이 정신적으로 퇴락하는 암흑기를 말한다.

억하지 못했다. 거의 백 년 동안을 끌어온 전쟁만이 있을 뿐이다. 평화시대의 삶을 실제로 체험한 사람이 하나도 남지 않았다는 뜻이다.

매일 아침 역으로 향하다 보면 마치 무슨 연극무대를 지나가는 것만 같았다. 일단 흰 서리를 잔뜩 인 구불구불한 함석지붕 오두막들이 죽 늘어서 있고, 그다음 울타리가 나타나면서 나무들이 보이는데, 나무 위의 검은 새들은 마치 눈에 보이지 않는 연출가가 무대에 끈을 장치하고 거기에 새들을 매달아 한꺼번에 잡아당기기라도 하는 것처럼, 항상 일제히 막 날개를 펼치고 있는 모습이었다. 눈 위에 쏟아지는 태양 빛이 차갑게 반짝였다. 전투에 투입되었다가 살아남은 독일 장갑차 한 대가 아직 치워지지 않은 채로 길을 비스듬히 막고 서 있었다. 저 멀리 남쪽에는, 얼음을 뒤집어쓴 산맥의 형상이 보였다.

역에 도착한 나는 전신원을 찾았다. 비암호 전보문이 도착하면 최고 소비에트로 넘어가기 전에, 특히 사단사령부나 비밀경찰의 손에 들어가기 전에 먼저 받아보기 위해서 나는 그에게 정기적으로 돈을 건네고 있었다. 지난밤 북쪽과의 통신이 끊긴 것은 아니었으나, 카를스루에 뒤쪽에서는——항상 그렇듯이, 아무 연락이 없었다. 슈파이어, 스트라스부르, 그리고 몇 년 전에 우리가 박살냈지만 그후 다시 독일이 탈환한 하이델베르크로부터는, 아무런 소식도 들려오지 않았다.

나를 자신의 사무실로 들어오게 한 전신원은 우리 두 사람분의 차를 준비했다. 더러운 용기 바닥에서 긁어내는 그의 차는 항상 고약한 맛이 났다. 찻물을 올린 뒤 전신원은 나에게 몇 개의 전보문을 내밀었다. 전보문 내용을 붓으로 그려놓은 전보용지는 질이 형편없었다. 군인들에게 뒤를 닦으라고 지급되는 화장지와 수준이 흡사했다. 전신원은 찻잔에 물을 부으면서도 마치 아이들이나 전쟁 불구자, 혹은 개들이 그러는 것처럼 연신 온몸을 긁어댔다. 전신원의 사무실은 냉기가 흘렀으며 우리가 내쉬는 숨이 하얗게 보일 정도였다. 내가 담배를 피우며 전보문들을 빠르게 넘기는 동안 전신원은 지저분한 수염을 쓰다듬으며 이번에는 내게서 얼마를 받을지 계산하고 있었다. 품질 좋은 한국산 차는 그 혼자서 마셨다.

첫번째 전보문에는 두 가지 내용이 들어 있었다. 스위스령 잘츠부르크의 혁명위원회는 이곳의 소비에트에게,

브라친스키 대령이라고 불리는 자를 체포해달라고 부탁했다. 그거야 브라친스키가 여기 뉴베른에 있기만 하다면 쉬운 일이었다. 두번째 내용은 콜치 원수가 체코군에게 항복했으며 체코 측은 원수를 스위스령 잘츠부르크의 혁명위원회에 인도했다는 소식이었다. 두번째, 세번째 그리고 네번째 전보문은 암호로 되어 있었다. 추측건대 첫번째 전보문과 관련된 사항일 것이다.

"잘 알아볼 수가 없잖아." 글자들은 깔끔하지 않았고 테두리는 얼룩진 데다가 올이 풀린 실처럼 잉크가 종이 위로 번져 있었다.

"죄송합니다. 하지만 날이 너무 추워서요. 아침이면 손이 너무 떨린답니다. 이번 겨울은 독일놈들에게도 춥기는 마찬가지일 테죠, 장교 동지. 차 한 잔 하시겠어요?"

"아니 괜찮네." 전신원은 쇠난로의 조그만 화덕 구멍을 열고 장작 몇 개비를 더 얹었다. 하지만 실내 공기는 조금도 더 따뜻해지지 않았다. "그래도 차를 한잔 드셔보세요. 그러면 몸이 좀 녹을 겁니다."

나는 대답 대신 찻잔을 손으로 돌려 탁자 위 그의 앞으로 밀어다 놓았다. 찻잔은 위태로운 소리와 함께 덜그럭거렸다. 나는 첫번째 전보문으로 다시 시선을 보냈다.

나는 독일의 콜치 원수가 코카인 중독자임을 알고 있었다. 그의 보좌관은 외눈안경과 프리즘이 가득 든 가방을 들고 그를 수행해야 했는데 콜치 원수가 그날그날의 일광 색깔에 따라 적절한 렌즈를 골라 눈에 끼고 다녔기 때문이다. 콜치 원수의 눈에 세상은 늘 변화하고 있는 영롱한 색채의 만화경이었다. 거기다가 마지막에는 합성 코카인까지 그를 잠식하고 말았다. 전보문의 내용에 의하면 콜치 원수는 랄 장군과 모종의 결탁을 했고, 영국의 지원을 받는 그의 파시스트 연대는 결국 대패했다.

　루마니아와 흑해 연안에는 랄 장군의 지휘하에 있는 힌두스탄 부대가 주둔하고 있었다. 그들의 오렌지색 군복은 그 자체가 공포의 대상이었다. 랄 장군은 서구를 압박하고 있는 장본인이며 그의 편에 선 잔인한 신티* 연대는 기다란 턱수염, 검게 화장한 눈, 그리고 황금 귀걸이로 유명했는데 말을 타고 달리면서도 조준사격이 가능하도록 말안장 앞쪽에 총기를 장착하고 다녔다. 그들은 발이나 깃털이 있는 짐승은 먹지 않는 것으로 알려져 있었다. 그리

---

* sinti: 중서부 유럽과 북이탈리아, 특히 독일에 거주하는 집시족.

고 북동쪽, 여기서 이삼 주 거리에 있는 뉴민스크 인근에
는 한국군 전선이 있었다.

"그래서, 스위스령 잘츠부르크가 우리에게 하고 싶은
말이 도대체 뭐란 거지?"

"저도 잘 모릅니다, 지도원 동지." 전신원이 대답했다.

"생각을 한번 해봐요. 아니면 적어도 짐작이라도 말해
보던가."

"그게 글쎄요…… 아마도 제 생각에는, 독일군 원수를
위해서 돈을 내겠다는 작자가 나서기를 기다린 것 같지는
않습니다. 원수뿐만이 아니라 부대원들도 있잖아요. 힌두
스탄인 군대는 아무나 다 받으니까요."

"그럴 수도 있겠군. 그러면 그들이 콜치 원수를 어떻게
했다는 말이지?"

"그 내용은 거기 아래에 나와 있습니다."

나는 전신원이 손가락으로 가리키는 부분의 글자들을
읽었다. 거기에는 콜치 원수가 2월 7일 스위스령 잘츠부
르크에서 총살당했다고 적혀 있었다. 전보용지를 든 손을
아래로 떨군 나는 말없이 전신원을 쳐다보았다. 부대의
고위 장성들을 제거한 뒤 독일인과 영국인 일반 사병에게
는 우리 연대의 군복을 걸칠 것인지 아니면 총살을 당할

것인지를 직접 선택하게 했다고 한다. 나는 전보문을 탁자 위에 내려놓았다.

"도무지 이해가 가지 않는군. 콜치 원수는 이곳으로 이송되었어야만 했어."

"그렇죠."

"이 전문이 뉴베른에 온 지 얼마나 지났지?"

"30분도 채 안 되었어요, 장교 동지. 오늘 아침에야 도착한 전문입니다."

"우리 말고 이 사실을 아는 사람은?"

"장교 동지와 저밖에는 아무도 모르죠."

"지금 당장 이걸 사단에 전해주도록. 일단 전화로 내용을 알리고 한 부를 복사하여 사환에게 따로 가져가게 해. 사환은 말을 태워 보내고."

"알겠습니다."

전신원은 사환을 찾아 전보문을 전달하기 위해 바깥뜰로 사라졌다. 뜰에서 말에 채찍질을 하는 소리가 들려왔다. 전신원의 탁자 위에는 술 장식이 달린 몇 개의 필기용 붓 사이에 은색 회중시계가 하나 놓여 있었다. 서둘러 아침식사를 한 모양으로 양철 접시 위에는 아직 달걀껍질이 놓인 채였다. 나는 바닥에 담뱃재를 털면서 한 손으로 회중시계를 들어 올렸다. 시계는 라쇼드퐁 제품으로 지난 세기에 만들어진 물건이었다. 손에 들린 시계가 묵직했다. 뒷면에는 원래 이름과 날짜가 새겨져 있었지만 누군가 날카로운 칼로 알아보지 못하게 표면을 긁어버린 상태였다. 나는 시계를 주머니에 넣었다.

전신원은 믿을 수 없는 사람이었다. 그의 선조는 모라비아 브르노에서 공장을 소유하고 있었다. 이번 12월에만 해도 그가 체코 외인부대의 기차를 몇 대나, 아무 제재 없이 동쪽으로 운행하도록 허용한 것을 나는 알고 있었다. 물론 그것은 합법적인 일이다. 하지만 방법이 완전히 올바르지는 않았다. 사단 측은 연락을 받았지만 당 지도위원회는 그러지 못했던 것이다. 전신원이 다시 돌아왔을 때 내가 그의 얼굴을 쳐다보자 그는 내 시선을 피했다.

믿을 수가 없는 것은 사실이다. 나는 그가 암호문을 해독할 줄 안다는 의심을 품고 있었다. 하지만 기계에 기름을 치는 게 아니라 모래를 뿌리는 격이 될 터였다. 나는 파피로시 담배꽁초를 난로 속에 던져 넣고 자리에서 일어섰다.

"장교님."

"뭐지?"

"들리는 말이…… 그 폴란드인이 가게를 닫고 준비를 마쳤다는데요."

"언제?"

"그러니까 그 말은, 이제 그가 달아날 거라는 소리 아닌가요?"

"도대체 언제 무장까지 마쳤다는 거야?"

"브라친스키가 말입니다. 내 말은, 브라친스키가 자기 가게에서 물건을 챙겼다는 거예요. 어제 오후에. 총 한 자루에 화약이랑 고기 통조림, 털가죽과 소금."

"그리고?"

"개똥에다가, 게다가 여벌의 장화까지 준비했다는군요."

그는 키득거리면서 웃음을 참지 못했다. 그 모습에서 어딘지 모르게 섬뜩하게 비정상적인 무엇이 느껴진다.

"좋아."

"지도원 동지?"

"아주 좋다구."

전신원은 기뻐서 어쩔 줄을 모르는 것처럼 등을 구부린 채 손을 입에 가져다 댔다. 그의 입가에는 누런 침이 말라

붙어 있었는데, 어쩌면 그것은 침이 아니라 그가 아침으로 먹고 닦아내지 않은 닭고기 쌀밥 찌꺼기일지도 몰랐다. 나는 탁자 위 달걀껍질이 흩어진 접시 옆으로 그를 향해 파피로시 담배 한 갑을 내밀었다. 하지만 그는 담뱃갑을 집지는 않고 자신의 더러운 손톱만 내려다보았다.

"왜 안 받는 거지?"

"이건 너무나 약소하네요, 동지, 제 생각엔……"

"그런 생각은 안 하는 게 좋을 텐데. 나 같으면 아직 살아 있다는 것만으로도 감사해할 거야."

"그럼요, 지도원 동지, 물론이지요." 전신원은 여러 번이나 다급하게 몸을 깊이 구부려 인사를 했다. 몸이 거의 바닥에 닿을 정도였다. 그러고는 얼른 담뱃갑을 자신의 군복 안주머니에 집어넣는 것이었다.

"그런데 브라친스키 대령이라고 했나?"

"네, 장교 동지. 브라친스키요. 그 폴란드인, 그 유대인 말입죠."

"알겠어. 그리고 한 가지. 당신 시계 말인데."

"네?"

"그 시계는 압수야."

나는 바깥의 얼어붙은 냉기 속으로 나온 후 등 뒤에서
문을 닫은 다음 하얗게 뿜어져 나오는 입김을 바라보며 마
음을 가라앉혔다. 보복주의자. 반유대주의자. 왜 이 땅의
많은 사람들은 그런 증오심을 가슴에 품고 살아가는가? 저
자는 차라리 독일에, 북쪽에 가서 사는 게 더 편할 것이다.
혹은 영국이나. 그를 교환하면 좋겠다. 아니면 잡아넣어버
릴까. 아니지, 그건 제대로 된 해결책이 아니야. 당은 살인
귀가 되어서는 안 된다. SSR*의 강점은 바로 다름 아닌 인
간미가 아닌가.

오른쪽 역 동쪽으로 난 선로는 햇빛이 창백하게 내리비
치는 대기 속으로 멀리 고독하게 뻗어 있었다. 먼지처럼
입자가 고운, 거의 보이지 않을 만큼 섬세한 얼음의 크리
스털이 시내 도로를 뒤덮었다. 이미 오래전에 잊힌 여름
의 잔해와 전쟁의 흔적들이 축축한 황갈색 더러움으로 남
아 건물 담벼락과 주랑에 지저분하게 얼어붙어 있었다. 환
하게 밝은 십자로 위를 그림자들이 빠르게 스치며 지나갔
다. 아스트라한 모자를 쓴, 덩치가 크고 뼈대가 굵은 뉴베
른 북부지방의 농부들, 우리 군의 부상병들이었다. 얼굴

---

* SSR: Swiss Soviet Republics, 스위스소비에트공화국.

을 무명붕대로 싸매거나, 한때 손이나 팔이 들어 있던 텅
빈 옷소매를 높이 걷어 올려 옷핀으로 어깨의 견장에 고정
한 모습들이었다. 낡아빠진 데다가 지나치게 긴 외투를
걸친 금발 므와나*들이 길거리의 포석 위를 절뚝거리며
걸어갔다. 태어나서 한 번도 평화를 경험해보지 못한 노
파들이 자전거에 올라탄 채 손을 흔들며 지나갔다. 머리
를 산발한 거지들이 신발 끈이나 소금을 놓고 행상인들과
다툼을 벌이고 있었다. 미약한 겨울 햇살 아래 졸고 있는
개들은 개도살꾼의 화물차 모터 소리——그들의 뇌리에 너
무도 정확하게 각인되어 있는——가 모퉁이에서 들려올 때
에만 잠에서 퍼뜩 깨어나곤 했다.

전쟁을 계속하는 것은 선택의 문제가 아니었다. 이 전
쟁은 우리 삶의 의미이자 목적이었다. 우리는 이 전쟁을
이어가기 위해서 태어난 것이다. 말 한 마리가 끈도 매지
않은 채 어느 집 옆에 서 있었다. 아득히 먼 곳의 하늘 어
딘가에서 독일군의 장거리포가, 북쪽에서 동쪽을 향해 쏘
아 올려졌다. 간혹 포탄은 우리가 있는 이곳에 떨어지기
도 했다. 포탄이 가까이 날아오는 것을 어떻게 감지하고

---

* Mwana: 치체와어로 '아이' 라는 뜻이다.

그 소리를 얼마나 빨리 알아차리는가 하는 것은 순전히 개개인의 우연에 달린 문제였다.

집 앞에 로만디*인 군인들 한 무리가 서서 눈싸움을 하고 있었다. 내가 다가오는 것을 본 그들은 뭉친 눈덩이를 던져버리고 빨갛게 언 손바닥을 외투 앞자락에 문질러 닦았다. 대부분 아직 므와나였다. 그들이 경례를 했다. 나는 그들 중 한 명을 알고 있었다. 그는 독일군 포로들의 옷을 벗긴 다음 그중 한 명의 맨어깨에다 나무망치로 견장을 직접 못 박았던 자이다. 그런 다음 피투성이가 된 그 독일군이 공포에 질려 반쯤 실성한 채 울부짖고 있을 때, 보리수나무에 묶고 총살했다.

내가 지나가고 나자 그들은 휴지를 꺼내는 대신 눈에다 대고 바로 코를 풀었다. 나는 그들이 내 등 뒤에서 웃어대는 소리를 들었다. 한 명이 조그만 소리로 "눈사람"이라고 속삭였다. 그것은 우리 같은 이를 가리키는 그들의 은어였다. 누군가 다른 군인이 "쉿" 하고 주의를 주었다. 그런 말을 하다가 들키면 요새의 가장 최하층부 갱도에서 1년

---

* Romandie: 스위스에서 프랑스어를 쓰는 지역을 말한다.

동안 강제노역을 하는 처벌을 받아야 했기 때문이다. 나는 분명히 그 말을 들었지만 몸을 돌리지는 않았다. 로만디인들에게 뭔가를 가르칠 수는 없다. 절대로 불가능하다. 그중에서도 특히 가장 대책 없는 것은 젊은 남자들이었다.

브라친스키의 잡화점은 뮌스터 골목에 자리 잡고 있었다. 상점은 8시가 되어야 문을 열 것이다. 그러므로 나는 시간을 보내기 위해 잠시 동안 아레 강변을 산책하다가 얼어붙은 강물 가운데를 둥둥 떠가는, 커다란 통나무처럼 보이는 물건을 발견하고는 정체가 무엇인지 알아내기 위해 한참을 지켜보았다. 강 한가운데에는 어느 정도 따뜻한 물살이 흐르고 있음이 분명했다. 통나무는 자꾸만 물 아래로 가라앉았다가 이삼십 미터를 떠내려간 다음에 다시 얼음덩이 사이로 모습을 나타내곤 했다.

통나무의 몸통에서 비스듬히 뻗어 나온 가지들은 팔을 흔들다가 그대로 얼어붙어버린 사람의 형상처럼 보였다. 잠시 후 통나무는 완전히 사라졌다. 물 아래로 영영 가라앉은 것이다. 얼마나 많은 수의 부역자들이 느리게 흘러가는 이 아레 강의 얼음덩이 아래로 사라져갔는지 모른다. 우리 측 군인들은 얼음판에 구멍을 뚫은 뒤, 사람의 머리에 리볼버를 갖다 댄 채 말했다. 머리통에 총알이 박힐 것인지, 아니면 얼음 구멍 속으로 들어갈 것인지 자유롭게 선택할 수 있다고. 그게 겨우 일주일 전의 일이다. 지금은 그런 식의 불법 보복행위는 금지되었다. 그러한 통제를 위해서 바로 나 같은 당 지도원이 여기 있는 것이다. 독일군은 뉴베른을 오랫동안, 거의 8년간이나 점령하고 있었다.

벤치에 앉아서 담배를 한 대 피웠다. 그리고 수첩에 기록했다. 콜치─사단─체코─브라친스키. 우리의 적은 우리와는 달리 책과 문학에서 수준 높은 문화를 소유하고 있었다. 그런데 SSR에서는 전쟁을 수행하는 젊은 계층을 중심으로 구술 언어가 더 중요해진 상태였다. 지식을 전달하고 다음 세대에 남기는 것도 구술 언어의 몫이었다. 독일은 그런 우리가 "저급 인류"이며 "시골뜨기 문맹자"라고 선전했다. 하지만 나는 쓰기와 읽기를 배웠고, 틈날 때마다 생각을 메모하는 습관을 가지도록 교육받았다. 동료들은 이런 내 습관을 의심스러운 것으로까지 간주하지는 않았지만, 이상하다며 놀려대기는 했다. 저기 당 지도원님이 수첩을 들고 등장하시네, 하고 비아냥거리는 것이다. 나는 그들이 그러거나 말거나 관심을 두지 않는 편이었다. 어차피 나는 그들보다 두 배 혹은 세 배는 더 효율적으로 일할 수 있으니까. 8시 10분, 나는 전신원의 회중시계로 시간을 확인한 다음 다시 장갑을 끼고 산책을 계속했다. 차가운 두 손을 주머니에 찌른 채, 뮌스터 골목을 향해서.

한 독일 노파가 나를 발견하고는 시둘러 반대편 인도로 길을 건너갔다. 노파는 십자가를 그으며 나에게 침을 뱉었다.

"시뻘건 짐승 놈! 살인자!" 노파는 길 건너편에서 외쳤다.

"알았어, 알았다구, 할망구야."

뮌스터 골목의 상점은 아직도 닫혀 있었다. 여러 번 초인종을 울렸지만 브라친스키는 당연히 없었다. 상점 유리창 하나가 박살이 났으며, 묵직한 나무 문짝에서 유리창의 온전한 부분에 걸쳐 누군가 큰 붓으로 "Śmierć Żydom (죽어라 유대인)"이라고 붉은 글자를 써놓았다. 유대인 죽어라. 나는 장갑을 벗고 손톱으로 붉은색 글자 표면을 긁어내 냄새를 맡아보았다. 그건 돼지 피였다.

상점 진열대에는 포도주 병이 탑처럼 높다랗게 쌓였고 그 곁에는 털가죽 재킷, 모포, 금(金)요법용 앰풀이 놓여 있었다. 그리고 약간 뒤쪽으로는 쇠고기 통조림으로 만든 두번째 탑이 서 있었다. 깨진 유리 조각이 설탕 입자처럼 반짝거리는 가루가 되어 담요와 털가죽 위에 흩어져 있었지만 특별히 없어진 물건은 없는 듯했다. 조그만 금속 존데* 하나가 털가죽 재킷 위 5센티미터 허공에 뜬 채 불을 깜박이면서 팽이처럼 돌고 있었다. 존데에서는 노랫소리 같은 음이 흘러나왔다. 나는 귀를 기울였다.

내 눈이 감겼다. 감겼다. 나는 여기에 아주 잠시 왔다 갈 뿐이다. 산과 구름. 새들이 그곳에 있다. 새들의 소리를 듣는다. 나는 이곳에 있다. 길을 잃은 채.

존데는 점점 빠른 속도로 뱅글뱅글 돌았고, 더 이상 아무런 소리도 나오지 않더니 불빛이 점차 흐려지다가 완전히 사라져버렸다. 나는 바닥에 무릎을 굽히고 앉았다. 돼지 피 자국은 채 마르지 않았다. 문 옆과 창문 아래쪽에 쌓인 눈 위에도 붉은 자국이 뿌려져 있었다. 아마도 범인은 양동이에 돼지 피를 담아 와서 일단 여기 상점의 문지

---

* sonde: 멀리 떨어져 있거나 인간이 접근하기 힘든 물체에 다가가기 위한 용도의 원격 조종 기기. 의학이나 우주 개발, 기상 관측(라디오 존데) 등에 활용된다.

방 위에 놓고, 그다음에 붓으로, 아니 돼지 피에 담근 헝겊으로, 이 두 단어를 썼을 것이다. 그런데 왜 하필이면 폴란드 말로 썼을까? 브라친스키가 폴란드인라서? 한 사람분의 발자국이 건물 주랑을 거쳐 눈 덮인 골목길로 이어졌다. 단 한 사람의 발자국이다.

나는 몇 시간 동안 뉴베른의 폐허가 된 외곽지역을 돌아다녔다. 브레이텐라인과 로르라인을 통과한 후 왼쪽으로 방향을 틀고 임시 가교를 건너 전쟁의 피해가 거의 없이 잘 보존되어 있는 구시가지 지역으로 다시 올라갔다. 독일군이 폭파한 로르라인 다리의 교각이 아래 강의 얼음 위로 회색빛 뼈대처럼 앙상하게 솟아 있었다. 곰 동물원은 텅 비었다. 파시스트들은 곰들에게 아예 먹이를 주지 않았으므로 오래전에 모두 굶어 죽은 것이다. 길거리에 면한 몇몇 집들은 폭격을 맞아 건물 정면만 남고 무너져버렸다. 좀 떨어진 들판 위에도 마찬가지로 지붕도 없이 담벼락만 남은 집들이 서 있었다. 뻥 뚫린 창 뒤쪽으로 담벼락 너머의 풍경이 보였는데, 마치 상자카메라의 렌즈를 들여다볼 때 뽀얀 먼지에 싸인 듯한 녹색과 갈색 색채가 나타나듯이, 그루터기만 남은 들판이 흰 눈으로 덮인 채 펼쳐져 있고 그 위로 푸른 하늘이 떠 있었다. 그것을 보자 또, 독일군의 폭격으로 생겨난 흙더미 곁에 폐허로 서 있는 집들과 갈가리 찢기고 끄트머리가 시커멓게 타버린 채 하늘을 향해 삐죽 솟아오른 지붕의 서까래가 마치 누군가 일부러 그곳에 설치해놓은 무대장치처럼 느껴진다는 생각이 들었다.

이곳 철저히 파괴된 잊힌 땅에 우리는 극장을 세울 것이다. 이곳에 소비에트 위원회를, 이곳에 공장을, 이곳에 국립은행을 지을 것이고, 이름난 건축가가 그 일을 맡아 할 것이다. 그래, 모두 최신식으로, 유리와 철을 이용해 현대적이면서도 특히 인간적인 윤곽과 비율을 가진 건축물들을 세울 것이다. 독일인들이 지어놓은 교회들, 죽은 신에게 바치는 굴종과 위선의 시설물들은 모조리 철거하리라. 바젤을 출발하여 이 도시에 올 때, 그리고 그라츠와 리옹을 출발하여 이 도시에 올 때는 어떻게 돌아올 것인가? 동지여, 은색으로 빛나는 선로 위를 기차가 24시간 운행하게 될 것이다. 운전석에는 우리의 형제 기관사가 앉아서 모든 승객들에게 경례로 인사하리라. 그뿐 아니라 우리는 도로도 건설할 것이다. 보르도에서 류블랴나까지, 카를스루에에서 벤티밀리아까지. 기체역학을 이용한 지하 철도들, 엄청난 규모의 땅속 통로들이 어둠을 환하게 밝히는 전깃불 아래서 사방으로 거미줄처럼 뻗어 나갈 것이다. 바젤에서 밀라노까지 일곱 시간이면 충분하리라. 그리고 그 후에는 미사일을 만든다. 붉은색으로 칠한 미사일. 그 위에는 하얀색 십자가를 그려놓고. 힌두스탄, 한국, 대오스트레일리아 제국과 평화협정을 맺으리라. 독일과 영국 파시스트들을 무찔러버리리라. 하지만 그들을 노예로 삼지는 않을 것이다. 그것이 우리의 방식이니까. 황금의 마을들, 황금의 도시들을 세우리라. 나는 여기에 아주 잠시 왔다 갈 뿐이다. 산들과 구름. 새들이 그곳에 있다. 새들의 모습이 보이지 않는다.

II

정문에 선 적위군 병사 한 명이 경례를 했다. 그의 입가에 보일 듯 말 듯한 미소가 스쳐 지나가는 것을 느꼈다. 나에게는 이미 익숙해진 일이다. 규정에 따라 부임 나흘만인 오늘 나는 뉴베른의 최고 소비에트 위원회에 취임 인사를 하기 위해 들른 것이다. 위원회가 자리 잡은 곳은 독일-터키 연맹부대 장군인 에르테퀸에게서 징발한 빌라였다. 이 도시의 총독으로 있으면서 피비린내 나는 폭정을 한 에르테퀸은 우리 연합군의 수확물만 갈취해 간 것이 아니라 스위스의 고도인 이 도시에서 사람들의 마지막 피 한 방울까지 모조리 쥐어짜낸 인물이었다. 그는 짐승이라고 해도 마땅한 인간이었고 따라서 자비를 베풀 여지가 없었다. 군법재판에 회부된 에르테퀸은 사흘 전에——그날은 오늘보다 더 추웠다——아돌프 뷜플리 거리의 한 벽 앞에서 총살당했다. 그 총살 집행을 참관했던 나는 에르테퀸의 셔츠 아래 불룩하게 솟아 나와 있던 출렁거리는 뱃살을 기억하고 있다. 그는 시선을 앞으로 고정시킨 채, 최후로 건넨 마지막 담배를 과시적으로 거부하는 오만을 부렸다. 피를 콸콸 쏟으면서 그의 몸은 눈 위로 쓰러졌다. 하사관 한 명이 앞으로 나서서 그의 머리에 리볼버를 대고 자비의 일격을 가했다.

SSR은 구시대적이고 부르주아적 개념인 수도를 더 이상 필요로 하지 않았다. 그때그때 상황에 따라 정치적·군사적 중심지를 그르노블, 류블랴나, 스위스령 잘츠부르크, 바젤, 클라겐푸르트, 뉴베른, 트리에스테 등으로 옮겨 갈 뿐이었다. 파괴된 취리히는 최근에 복구가 끝났으며 스트라스부르와 카를스루에는 근래에 독일군에게 넘어갔을 가능성이 컸다. 아무도 입을 열어 말하지는 않지만 어떤 획기적인 기운이 느껴졌다. 입안에서 강한 금속성 맛이 퍼졌다. 전세의 변화, 구체적으로 말해서 우리 편에 유리하게 판도가 바뀌고 있을 거라는 강렬한 예감이 불꽃처럼 뇌리를 스쳤다. 정문에 서 있던 적위군 병사의 유난히

꼿꼿하고 자신만만한 태도가 바로 그 증거였다. 아마도 뮌헨을 함락한 것 같다. 아니면 함락을 코앞에 두고 있거나.

뉴베른의 최고 소비에트는 네 명으로 구성되었는데 모두 군인이었다. 그런데 그중 아무도 자리에 없었고 어디에 있는지 찾을 수도 없었다. 빌라 전체가 아직도 정신없이 어수선했고, 또 서로가 상대편을 완전히 신뢰하는 법이 없는 군사령부 내부 분위기, 혹은 소비에트 정치국 특유의 성격 때문일 것이다. 각양각색의 계급장을 단 군복차림의 사람들이 빠른 걸음으로 복도를 휙휙 지나쳐 갔다. 그 사이로 하얀 가운을 걸친 과학부 스텝들의 분주한 모습도 보였다. 마치 벌집 속에 들어와 있는 듯했다. 나는 여러 사람들을 붙잡고 제5군단의 사령부가 어디냐고 물었고, 누군가로부터 소장 파브르에게 가보라는 말을 들었다. 이곳에서는 파브르 소장이 정치위원회와의 소통을 담당하고 있다는 것이다. 나는 그녀의 방문을 노크했다.

파브르 소장은 시선을 들어 나를 바라보았다. 마음에 드는 여자였다. 복도 반대쪽 끝에 난 창문으로 참새가 흰눈 덮인 가지 위에 앉아 깃털을 고르는 모습이 보였다. 나는 등 뒤로 문을 닫았다. 소장은 주역 막대를 책상 위 초록색 리놀륨 판 위에 막 늘어놓은 참이었다. 원리를 깨치면 64개의 괘로 이 세계의 모든 역사와 미래를 알 수 있다는 그것. 내 군복을 알아차린 소장의 얼굴에 잠시 놀라움이 빠르게 스쳤으나, 그녀는 곧 평정을 되찾았다.

"소장님." 나는 손바닥을 모자에 갖다 대고 인사했다. "육십사괘가 어떻게 나왔습니까? 그건 명이(明夷)로군요, 36번 괘에 해당하며 의미는 빛이 어두워진다는 뜻이지요."

"어서 오세요, 지도원 동지." 그녀는 미소를 지으며 경례로 내 인사에 답했다. "난 파브르입니다. 그런데 지도원 동지가 잘못 보신 겁니다. 이건 명이가 아니에요. 54번 괘지요. 혼례식의 소녀를 의미하는 귀매(歸妹)입니다. 그나저나 지도원 동지도 주역을 잘 알고 계시나 봐요. 제가 괘를 다루는 것을 보고 많이 놀라시는군요." 그녀는 조심스런 손길로 괘를 쓰다듬었다. 파브르는 몸이 아주 마른 거의 금욕적이라고 할 수 있는 분위기를 풍기는 여자였다. 튀어나온 목젖이 그녀가 말을 할 때마다 통통 튀는 공처럼 움직거렸다. 철 빛깔을 띤 회색 머리칼은 군대식으로 짧게 잘랐다. 연한 회색빛인 그녀의 눈동자는 물기가 촉촉했다. 그 눈동자로부터 달아나기란 그리 쉽지 않으리라.

"지도원 동지, 무얼 마시겠어요? 차? 보드카?"

"차가 좋겠습니다."

"알겠어요."

그녀가 걸친 군복은 스위스 소비에트 소속의 복장치고
는 지나치게 훌륭해 보였다. 그녀 앞 책상 위에는 뿔로 만
든 손잡이가 달린 승마용 대나무 채찍이 놓여 있었다. 실
내는 극도로 검소하고 단순하게 꾸몄지만 묘하게도 그 안
에서 나는 매우 익숙하지 않은 독특한 어떤 느낌, 일종의
우아함의 인상을 받았다. 종이 갓을 씌운 전등, 벽에는 스
위스 소비에트 공화국(SSR)의 지도, 검은 합성수지로 된
창문 개폐용 도구 두 개, 의자 두 개, 단순한 야전침대 하
나, 그 위에는 정확한 모양으로 개어놓은 담요가 한 장 놓
여 있었다. 정치적으로 그녀는 투르가우 연합의 중도파에
속했다. 그렇다고 해서 무조건 의심스럽다고 할 수는 없
지만 또 완전히 당의 노선을 따른다고 보기도 힘든 입장이
었다. 친동양파, 라고 나는 그녀에 대해 기록해두었다. 그
리고 첨가하기를, 한국?

"차 드세요, 지도원 동지." 그녀는 거의 투명해 보일 정
도로 연한 하늘색 찻잔을 감싸 쥐면서 말했다. "힌두스탄

북부 산악지방에서 재배한 특별한 오렌지차랍니다. 그곳의 산들에 비하면 우리 SSR의 산들은 봉분 정도로밖에 안 보일 거에요. 차맛이 어떤가요? 들리는 말에 따르면……"

"…… 들리는 말에 따르면 이 차는 랄 장군이 특히 선호했다죠."

"네 맞아요. 우리도 조심하지 않으면 그처럼 당할 수 있죠." 파브르는 미소를 지으면 눈을 내리깔았는데 아주 매혹적인 모습이었다. "오렌지색 군복에 오렌지차라, 뭔가 인식론적인 불협화음이라는 생각이 들지 않나요?"

나도 그녀에게 미소로 화답했다. 역에서 전신원과 대화할 때보다 더 어려워질 것 같다. 이 여자에게 미래의 충성의 대상은 어느 편일까? 한국은 아닐 것 같고, 그렇다면 랄 장군 측? SSR이 그간 많은 성과를 거둔 것은 사실이었다. 하지만 그 과정에서 비잔틴적으로 복잡하게 얽히고설킨 관계, 초현실적으로 복잡한 군사적 동맹과 그런 동맹의 그늘, 겉으로만 동지인 척하는 허위성 연합과 그 그늘 역시 감수해야 했다. 수년 동안 비슷한 경우를 많이 봐왔음에도 불구하고 나는 이런 상황 앞에서 항상 할 말을 잃곤 했다.

"사령부 사람을 아무도 만나지 못했나 봅니다. 그러니 절 찾아온 것 아니겠어요."

"소장님도 사령부라고 할 수 있지 않습니까. 그런데 왜 오늘 사령부가 아무도 날 만나주지 않는지 혹시 짐작 가는 이유라도 있나요?"

"여기는 전장이잖아요, 지도원 동지. 군인들은 해가 진 다음에야 정치 생각을 한답니다. 그때는 대포도 쉬는 시간이니까요."

"대포는 일주일 전부터 쉬고 있지 않습니까. 이제는 내가 활동을 해야 하는 차례지요. 그건 소장님도 나만큼이나 잘 알고 계실 텐데요."

"너무 그러지 마세요."

"정치 위원회는 뉴베른의 소비에트에게 SSR의 전시법에 따라 단호한 대처를 요구합니다. 지금 우리에게 무엇보다도 필요한 것은 절제입니다. 폭력행위 금지, 인종차별 금지, 추방 금지, 임의적인 사살행위 금지 말입니다."

"독일 파시스트들의 행동은 어땠는데요. 하이델베르크와 바젤에서 있었던 대량 학살을 기억하십니까? 린츠에서는 한 개 연대 전체가 기관총으로 처형당했어요. 항복을 했는데도 말이죠. 나중에 총알이 떨어지자 군인들을 삽과 도끼로 때려죽였다는군요. 독일인들은 한 가지 원칙밖에 몰라요. 냉혹 그리고 또 냉혹. 우리는 전쟁 중에 태어났고 그리고 전쟁을 계속하다가 죽어갈 겁니다."

"그러면 우리가 독일인과 같은 언어를 쓴다는 그 이유만으로, 사람을 얼음물 아래 쑤셔 박는 행위 또한 용인된다는 겁니까?"

우리는 독일어를 쓴다. 역사의 우연한 장난에 의해 우리의 적과 같은 언어를 갖게 된 것이다. 그렇다면 우리는 예전에 핏줄이 섞인 친척 관계가 아니었을까?

"우리가 그들과 똑같이 행동한다면 에르테권과 뭐가 다르단 말입니까. 그런 태도는 우리가 지향하는 길이 아니죠."

파브르는 다시 미소를 지었는데, 이번에는 전혀 예뻐 보이지 않았다.

"당신 같은 사람도 그걸 아네요, 우리가 지향하는 길을."

"당신 같은 사람이라니?"

"별 뜻 아니니 잊어버리세요. 그런데 얼음물 아래 쑤셔 박히다니, 누굴 말하는 건가요?"

"콜치죠. 그의 장교들이랑."

"아니 그걸 어떻게 아세요?"

"그런 걸 아는 것이 내 임무니까요."

"그것 참 위험한 임무군요, 지도원 동지."

"지금 나를 위협하는 겁니까? 뉴베른의 당 지도원인 나를?" 나는 책상을 빙 돌아 그녀의 바로 뒤로 가서 섰다. 파브르는 당황하여 좌우 번갈아 고개를 뒤로 돌리며 나를 바라보았다. 반질반질하게 손질된 그녀의 개암나무열매색 말가죽 부츠가 요란한 소리를 냈다.

"콜치는 독일군의 원수였습니다. 정치적으로도 의미 있는 포로였다구요. 그런 포로는 스위스령 잘츠부르크에서 총살시킬 것이 아니라 뉴베른으로 이송해 왔어야죠."

"하지만 전 그런 사실을 몰랐어요……"

"모른다는 변명은 통하지 않습니다. 당신은 공산주의자가 맞지요? 그런데 어떻게 당을 무시하고 일을 처리할 수가 있습니까?"

"지도원 동지는 저에게 개인적으로 반감을 갖고 계시군요. 맞아요, 내가 여자라서 그런 거예요. 바로 그 이유 때문인 거죠."

"아닙니다." 이번에는 내가 미소를 지었다. "그게 아니라, 당신 군복을 한번 보세요. 내게는 허영의 흔적으로 느껴지는군요, 파브르 소장님. 데카당에서 배신까지의 거리는 아주 가깝답니다." 나는 파피로시 담배에 불을 붙인 후 파브르의 책상 모서리에 걸터앉았다. "우리 군의 장교들, 정확히 말해서 투르가우의 장교들이 그보다 훨씬 더 사소한 일로도 직위 해제되는 일이 있다는 것은 알고 계시겠죠."

"좋아요. 인정하죠. 그건 실수였습니다. 내가 그를 잘못 판단했어요, 지도원 동지. 내 실수가 맞아요." 그녀는 두 팔로 팔짱을 꼈다. "지도원 동지에게 미리 알렸어야 하는데. 그래요, 그게 맞는 거죠" 하고 말하며 그녀는 내 군복을 가리켰다. "하지만 우리도 익숙해지는 데 시간이 필요하잖아요. 당신 같은 사람의 지시를 받을 수도 있다는 걸 이해하려면 말이죠." 그녀는 창밖을 바라보았다. 나는 침묵했다. 이제 그녀의 입에서 무슨 말이 나올지 나는 이미 알고 있었다.

"아프리카." 그녀가 입을 열었다. "최초의 대륙. 우리의 모험. 우리의 후방. 따스한 온기, 초록빛 풀, 그리고 태양의 나라. 그곳에서 아이들은 맨발로 뛰어놀겠죠, 안 그런가요? 난 아프리카에 가본 적이 없답니다. 스위스는 아프리카에 많은 걸 빚지고 있죠."

나도 창밖을 응시했다. 햇빛이 환하게 비추고 있었다. 단풍나무 가지에서 소리도 없이 눈덩이들이 떨어졌다. 잠시 후 그녀는 캐비닛으로 가더니 유리문을 열고 보드카를

잔에 따랐다. 그리고 머리를 흔들었다.

"연락을 했어야 하는데."

"그랬어야죠. 하지만 이미 그 일은 당신에 대한 보고서에 들어가버렸어요, 파브르 소장님. 내가 이미 기록했으니, 실수는 계속 쌓이는 법이죠. 지금 와서 후회해도 너무 늦은 일입니다."

"당신은 우리보다 훨씬 더 엄격하네요, 지도원 동지. 하지만 놀랄 일은 아니죠. 우리가 당신을 그렇게 키운 셈이니까요." 그녀는 보드카를 한 모금 삼켰다. 오전 11시였다. "그런데 독일인 코카인 중독자 때문에 날 비난하려고 지도원 동지가 여기 온 건 아니잖아요. 원래 목적이 뭐였죠?"

나는 수첩을 뒤적거리며 물었다. "브라친스키에 대해서 아는 게 좀 있습니까?"

"글을 쓸 줄 아시다니 흥미롭군요. 폴란드인 의사 브라친스키를 말하는 건가요? 브라친스키 대령이라고 부르죠. 그는 뮌스터 골목에 조그만 상점을 운영한답니다. 모르핀, 유리제품, 고기 통조림, 개가죽, 소형 존데, 그런 물건을 팔아요. 벌써 몇 년 되었어요. 에르테귄 치하에서도 상점을 열었으니까. 그런데 그 사람 유대인 아닌가요? 당연히 체포해버려야죠."

"그런 식의 반유대주의 사고방식은 나 개인적으로만 불쾌한 것이 아니라 제국주의적이고 파시스트적이며 독일적인 산물이기도 합니다. 우리의 적들이 갖고 있는 사고방식이라고요. 더 이상은 당신 말을 들어볼 필요도 없는 것 같군요. 난 그만 가겠습니다. 파브르 소장님."

수첩을 덮고 자리에서 일어선 나는 문을 나서기 전 한마디를 더했다. "당신의 보고서에 대해서 걱정을 좀 해보는 게 좋을 겁니다."

"기다려요, 지도원 동지. 잠깐만요." 그녀는 웃으면서 두 손을 들어올렸다. "항복이에요, 항복. 연막탄이었다고요. 그게 뭔지는 아시죠? 브라친스키는…… 그는 사토리에 도달했어요."

"사토리? 그게 어디 있는 거죠?"

"어디라니, 매우 좋은 질문이에요. 골수당원들이나 할 수 있는 질문이네요. 남쪽 출신인 동지들이 그런 질문을 할 거라고는 예상해본 적이 없답니다. 그러니까 지도원 동지의 요지는 사토리가 어디 있느냐 하는 거죠? 따라오세요, 설명해드릴게요. 하지만 여기서는 안 돼요."

외투를 어깨에 뒤집어쓴 그녀는 보드카 잔을 비운 후 말채찍을 집어 들었다. "내가 아는 술집이 하나 있는데요, 분위기도 좋고 점잖아요. 요 아래에 프리크트레페 근처에 있답니다." 나가기 전 그녀는 책상 위에서 패 하나를 집어 들었다. "이것 보세요, 지도원 동지, 딱 들어맞는 패가 나왔네요. 우연치고는 참 신기해요. 구(姤)로군요. 44번 패. 환대하는 사람이란 뜻이죠."

그곳은 프리크트레페의 가장 아래쪽에 자리한 이름도 없는 술집이었다. 파브르는 장화발로 나무 문짝을 거칠게 차서 열었다. 담배 연기 자욱한 어두운 실내로 들어선 우리는 성에가 하얗게 낀 창가의 탁자로 가서 외투를 벗고 마주 보고 앉았다. 그녀는 말채찍을 벽에다 기대 세우고 유리창에 손가락으로 조그만 동그라미를 만든 후 바깥을 내다보았다. 창밖에는 아레 강이 흐르고 있었다.

술집 안쪽에는 적위군 병사 두어 명이 담배를 피우며 둘러앉아 음베게*를 마시는 중이었다. 음베게뿐만이 아니라 작은 잔에 든 엔치안 화주도 함께 마셨다. 그들은 우리

* Mbege: 바나나를 발효시켜 만든 탄자니아의 전통주.

를 못 본 척했다. 술집 주인은 고개를 슬쩍 들더니, 뭔가를 입속으로 중얼거리며 무거운 잔 두 개를 우리 탁자로 가져왔다. 음베게, 이브와투, 문코조 등의 주류는 현재 SSR에서 합법적인 술은 아니었다. 하지만 그렇다고 해서 딱히 불법도 아니었다. 그런 발효주들은 조그만 통에 담겨서 당나귀나 노새의 등에 실려 북이탈리아로부터 알프스를 넘어 이곳으로 왔다.

"음베게 술을 좋아하시겠죠?" 이렇게 물어오는 파브르는 목소리에 깃든 조롱기까지 완전히 없애지는 못했다. 수년 동안 이곳에 살면서 이제는 충분히 익숙해졌지만 그래도 그녀는 나와 함께 일부러 술집까지 온 여자가 아니던가, 그것도 군대의 고위 장교이면서 말이다.

"우리가 하루 종일 술만 마시며 사는 건 아닙니다."

"물론 아니죠. 죄송해요. 난 그냥 순전히 호기심에 한 질문인데."

"나는 음베게보다는 문코조가 더 입맛에 맞더군요. 좀 더 달기는 하지만…… 뭐랄까…… 덜 무겁다고 해야 하나요. 거기에 비해서 음베게는 오래된 호두맛이 나죠."

그녀는 웃었다. "음베게는 놀라운 맛이죠. 하지만 세상에는 반대로 끔찍한 맛도 실제로 존재한답니다."

"그게 뭔데요?"

"생각만 해도 토할 것 같은 맛이죠."

"글쎄 그게 뭐냐니까요."

"바나나 퐁뒤."

우리는 둘 다 동시에 웃음을 터뜨렸다.

"그렇지 않아요! 정말로 괜찮게 만든 바나나 퐁뒤를 능가하는 음식은 아무것도 없답니다. 그러려면 일단 충분히 오래 끓여야만……"

"핏." 그녀가 웃었다.

"설탕, 소금, 땅콩버터, 그리고 몇 스푼의 돼지고기 농축액에……"

"그만해요, 지도원 동지!"

"저 뒤의 군인들에게 좋을 텐데, 음베게에 퐁뒤를 곁들여 먹는다면. 그러면 취하는 속도가 느려지거든요."

뒤쪽의 군인들은 거칠고 우락부락하게 생긴 자들이었는데 뉴베른 사투리의 일종인 마텐엥글리시로 말하고 있었다. 나는 그 언어를 전혀 배운 적이 없었다. 그들은 돈을 내고 상대편의 뺨을 갈기는 놀이에 열중하고 있었다. 뺨이 빨개진 두 명이 서로 마주보고 앉아 한 명씩 교대로 상대편의 뺨을 쳤다. 금발에 꾀가 많아 보이는 인상의 세 번째 군인은 시합 중인 두 명의 왼팔을 잡아 식탁 위에 누르고 있었다. 동전을 일단 식탁 위에 올리고, 음베게를 한 모금 들이킨 후, 실시, 다시 한 번 더, 불규칙한 간격으로 둔중하게 철썩거리는 손바닥 소리.

"사토리라고 했나요, 파브르?"

"사토리는요, 대개 대상에 깃들어 있어요. 모든 개개인은 어떤 대상으로 화해야 하죠. 적어도 대상이라고 할 수 있는 어떤 것으로. 힌두스탄인들은 그것을 사마디라고 하고 한국에서는 오(悟)라고 불러요." 그녀는 손으로 내 어깨를 지그시 눌렀다. "브라친스키는……"

"그러니까 사토리는 일종의 상태라는 말이군요?"

"브라친스키는 그 상태에 이르렀어요" 하고 파브르가 대답했다. "명상을 통해서죠. 전쟁의 자연적 본질을 깊이 통찰한 결과라고 하더군요. 누구든지 그것을 알기만 하면, 쉽게 도달할 수 있다고 해요."

"말을 들어보니 당신은 좀 전에 인정한 것보다 브라친스키란 인물을 잘 알고 있군요."

그녀는 뒤쪽의 군인들을 쳐다보면서 고개를 끄덕였다. 그리고 음베게를 한 모금 홀짝이고는 입가를 손으로 눌러

닮았다.

"그래요."

술이 효력을 발휘하기 시작했다. 그녀의 어깨에는 긴장이 사라졌고, 눈 아래 보이던 잔주름들까지 피부와 결별을 고하는 것 같았다. "우리는 어머어마하게 풍요로워요. 우리의 부가 원자에 기반하고 있으니까요. 브라친스키가 내게 전해준 말이에요. 작년에 이 도시가 독일군 점령하에 있을 당시에요."

"어떻게 그게 가능하죠?"

"뭐가 말인가요?"

"어떻게 점령당한 도시에서 당신에게 소식을 보내는 것이 가능했나요?"

"아 그건요, 우리가 무선통신이라고 부르는 거예요."

"무선통신? 뉴민스크에 있는 한국인들조차 아직 무선통신기술을 갖추지 못했는데. 심지어 평양에도 그런 건 없어요."

"그건 새로운 형태의 의사소통 문화예요. 나중에 자세히 설명해드릴게요. 브라친스키는 조용하게 살아온 사람이죠. 상황에 잘 적응하면서, 눈에 띄지 않게요."

"그런데 그가 독일 점령 치하를 잘 참아냈다면, 지금

해방이 된 다음에 무슨 이유로 이곳을 떠나야 하는 겁니까? 누가 가게에다가 돼지 피로 반유대주의 구호를 써놓았다고 해서? 오늘 아침에 난 그의 가게로 가보았거든요."

"그는 SSR에게 위험한 존재죠. 아니 어쩌면 SSR의 희망일지도 모르구요."

"어떻게 두 가지가 동시에 가능할 수 있습니까?"

"그게 바로 사물의 본질이 갖는 속성 때문이죠. 브라친스키를 찾아보세요. 그를 만나보라고요." 그녀는 술잔을 비웠다. "뭔가 대단한 일이 일어날 테니까요, 지도원 동지."

그때 갑자기 내 눈앞에, 아주 구체적인 형상으로, 술집의 어둑한 실내에 투사되는 어떤 이들의 모습이 나타났다. 파브르와 브라친스키, 그리고 한 명의 흑인 므와나의 모습이었다. 므와나는 다섯 살이나 여섯 살 정도 되어 보였다. 아이의 두 눈은 완전히 새파란 색이었다. 홍채, 망막, 눈동자 모두.

"당신과 브라친스키는 혹시……?"

그녀는 대답하지 않았다. 대신 눈을 내리깐 채 지폐를 탁자 위에 놓았다. 지폐에는 여전히 레닌 동지의 초상이 들어 있었다. 백혈병으로 죽은 지 한참이나 지났는데도 불구하고. 깊숙하게 움푹 들어간 검은 눈동자, 아시아 사람 같은 높은 광대뼈, 그리고 솟아오른 이마.

"지도원 동지, 손 좀 보여주세요." 그녀가 말했다. 나는 손바닥을 위로 하여 두 손을 탁자 위에 올렸다. 그녀는 내 손을 이리저리 돌리며 살펴보았다. 나는 늘 내 손의 주름이나 손바닥 모양이 보기 싫다고 생각하고 있었다. 손을 잡아당기려 했으나 그녀는 손가락 끝으로 내 손등의 주름을 하나하나 쓰다듬었다. 그녀는 놀랄 만큼 힘이 좋았다.

"당 지도원 동지, 손 모양이 아주 좋아요. 그러니 그를 찾아낼 거예요." 그녀가 말했다.

"그는 요새로 갔군요."

"그래요. 그는 요새에 있어요."

"우리는 그런 장소를 팡가라고 합니다. 바위산 속에 뚫어놓은 동굴 말이죠."

"그래요, 그의 뒤를 따라 팡가로 가세요. 남쪽 산악지대에 있어요. 슈레크호른의 입구로 들어가면 돼요."

밖으로 나온 나는 숨을 깊이 들이마셨다. 어느 정도 술에 취한 채 우리는 말없이 나란히 걸었다. 길옆 오른쪽 아래로 아래 강이 흘렀다. 음베게로 인해 이마가 지끈거렸지만 얼음 같은 추위 속을 걷다 보니 두통은 곧 사라져버리고 말았다. 호흡이 하얀 수증기가 되어 뿜어져 나왔다.

"지도원 동지?"

"조금 전에 무선통신이란 것에 대해서 말했었죠. 수년 전부터 연구 중인 줄로만 알았는데 그게 벌써 성공했다니, 나는 까맣게 모르고 있었군요. 이제 전쟁은 다른 국면으로 접어들겠군요…… 미사일도……"

"그런데 그 무선의 전파라는 것은…… 그 구조는 구술된 언어에 의존하고 있어요. 과학자들은 그 언어를 연기 언어라고 부르지요."

"무슨 소리지요?"

"왜냐면, 전쟁은 우리들 자신을 변화시켰어요. 육체적으로뿐만 아니라 정신적으로. 개개인뿐만 아니라 인간이란 전체적인 형태를, 집단적으로 변화시킨 거예요. 맞죠?"

"그래요, 파브르."

"예전에 평화 시에는 읽고, 쓰고, 책을 만들고, 도서관을 방문하고 했던 우리는 이제 진화를 거쳐서 활자로부터 해방된 거예요. 활자는 점점 더 중요하지 않게 될 거예요. 대신 그 자리를 개인적 언어가 채우게 되죠. 일단 그렇게 부르자면요."

"사실 우리는 그동안 항상 입으로는 순전히 구술 언어들을 말해왔어요. 사투리나 방언이라고 불리는 것들. 그에 비해서 활자로 기록할 때는 언제나 표준 독일어 한 가지뿐이었어요. 우리의 진짜 표준어는 사실 구술 언어지, 독일어가 아니에요."

"맞아요. 전쟁 덕분에 우리는 표준 독일어뿐만이 아니라 문자 독일어까지도 버릴 수 있게 된 거랍니다. 언어란 상징적인 소리들의 집합체예요. 소리들은 우리가 인식할 수 없는, 무엇보다도 결코 알 수 없는 형체로 이루어진 코스모스로부터 탄생한 거고요."

"그렇죠."

"우리가 글쓰기를 잊어버린 것은, 말하자면 의도적인 망각의 과정에 해당해요. 평화 시에 태어난 인간은 이제 아무도 없어요. 우리 다음에 오는 세대가 신인류의 첫번째 기초를 쌓을 겁니다. 전쟁 만세."

"SSR 만세."

"당연하죠. 그 말이 그 말이잖아요."

"당신은 군인이니까 그렇게 표현하는 거죠. 하지만 아까 하던 말을 좀더 설명해주지 않겠습니까? 연기 언어라는 건 어떤 방식으로 작용하는 거죠? 예를 들어서 브라친스키가 당신에게 뭔가를 전달했는데 그게 말이 아닌 다른 수단이라면, 구체적으로 어떻게 한 겁니까?"

"이런 거예요. 우선 생각한 것을 입 밖으로 말해서 공간으로 내놓는 거예요. 그러면 우리가 말한 것을 지켜보는 것이 가능하고, 그것을 다루며, 움직이고 이동시키는 것도 가능해져요. 그것이 정말로 거기 있다면, 움직일 수 있는 건 당연한 거죠. 그리하여 마침내는 그것을 특정 대상에게 보내고 받는 일까지도 할 수 있어요. 언어는 공간에 그냥 존재하기만 하는 건 아니에요, 아주 근본적으로 따지자면 언어는 물적 존재랍니다. 물자체(物自體), 누메논이죠. 많은 고대 부족들이 이러한 능력을 발달시켰어요. 예를 들자면 오래전에 멸종한 대오스트레일리아 제국 원주민들도 자신들이 직접 걸어서 횡단한 세계에 대한 찬양을 노래와 시의 형태로 보존하고 전달했답니다."

"그렇다면 연기 언어란 것은 정확히 말해서 기술의 산물은 아니로군요. 전기적 전파 등으로 이룩한 발명품과는 종류가 다른 것이네요. 지금 우리가 사용하고 있는 전신 시그널 방식이 훨씬 간편할 것 같은데, 안 그런가요?"

"문자 언어를 위해서는 간편하죠, 지도원 동지. 문자 말이에요. 구술 언어가 아니라. 이건 다른 문제죠. 새로운 의사소통 방식은 인간 의지의 발현이라고 봐야 합니다. 우리의 기술이 아무리 발달한다 해도 서로 대화를 나누는 기계를 발명하지는 못할 거예요. 언어적 누메논이 왜 단순한 몇 개의 전기적 기호로 축소되어야만 하나요? 어휘와 문장을 왜 그대로 공간을 향해 발화하지 못하나요? 기존의 인과관계 개념을 폐지하기만 하면 되는데."

"이것과 비슷하네요, 전쟁은 결코 끝나서는 안 되므로, 반드시 끝나야 한다."

"네 아주 비슷하네요." 그리고 그녀는 내 입술에 오래도록 입을 맞추었다.

"파브르? 내 생각에…… 당신은…… 당신 채찍을 술집에 놓고 왔네요."

나는 눈을 감았고, 세상이 온통 나를 중심으로 회전하는 것을 느꼈다. 구름. 거리에서는 이미 일상적인 하루가 시작되고 있었다. 므와나들이 날카로운 살이 삐죽삐죽 튀어나온 망가진 우산을 가지고 위험하게 장난치며 놀고 있었다. 산들. 나이 든 부부가 눈 더미 옆에 서 있었다. 독일군 망토를 걸친 남자가 구두끈을 매는 동안 여자는 부끄러운 태도로 거울을 꺼내 들여다보며 서둘러 붉은 연지로 뺨에 화장을 하고 있었다. 남자가 다시 몸을 일으키고 누런 가래침을 눈 위에 뱉어냈다. 태양은 이미 머리 위 하늘의 정점을 지나간 상태였다. 이상하게도 기온은 몇 도나 더 떨어져 있었다.

"내 채찍을 잊었다고요? 아무 상관 없어요." 그녀는 내 팔을 잡더니 불쑥 팔짱을 끼며 말했다. 깜짝 놀란 나는 몇 밀리미터 정도 뒤로 몸을 움츠렸지만 그녀를 뿌리치지는 않았다. 그녀의 손이 내 팔을 건드리는 것이 느껴졌다. 마치 전자기장처럼.

"지도원 동지는 항상 모든 걸 다 믿었나 봐요."
"그렇습니다."
"교육받으면서 배웠던 내용 모두 다를요."
"그렇습니다."

집 안에 들어온 그녀는 침대 위에 앉았고 나는 그녀의 입술에 입 맞추었다. 그녀의 목덜미에서는 금속 냄새가 났다. 그녀는 내 셔츠를 머리 위로 벗기고 자신의 무거운 면 셔츠도 벗어 방구석으로 던져버렸다. 밖에는 눈이 내리고 있을 거라고 나는 생각했다. 우리는 서로의 몸을 만졌다. 그녀는 손가락으로 내 눈썹 위를 가만히 쓰다듬었다. 그것으로 그녀는 말을 했다. 나는 그녀의 가슴으로 손을 가져갔는데, 그것은 갓 여물기 시작한 사과알 만했다. 그녀의 겨드랑이 옆에는 돼지코처럼 생긴 콘센트가 박혀 있었다. 침대 위 벽에는 한국 판화가 하나 걸려 있었다.

거친 파도가 작은 조각배를 집어삼키려 하는 그림이었다. 뒷배경에는 산이 하나 솟아 있었다. 그림에는 비가 내리고 있거나, 혹은 비가 내리지 않았다. 끝난 후에 그녀는 내 담배를 한 개비 피웠다. 마지막 파피로시 담배였다.

우리는 서로 팔짱을 끼고 산책을 나섰다. 대화를 나누지는 않았다. 나는 이 도시를 구석구석 모두 알고 있는 듯한 느낌이었다. 다리가 하나인 상이군인이 벽에 기대서서 초콜릿으로 만든 조그만 고슴도치를 팔았다. 초콜릿 고슴도치에는 서리가 잔뜩 덮여 있었다. 나는 하나를 사서 그녀에게 주었다. 그녀는 고슴도치를 깨물어 먹으면서 미소를 지었다. 우리는 커다란 대로에 있었다. 길바닥에는 포석 몇 개가 빠져 있었다.

북쪽 하늘에서 휘파람 같은 소리가 허공을 가로지르며 들려왔다. 우리는 몸을 움츠리지 않았다. 나는 파브르의 곁에서 계속 걸었다. 그녀가 말했다. "여기서 잠깐만 기다리세요." 그러더니 한 서른 걸음쯤 앞서 내 앞에서 길을 건넌 뒤 나를 뒤돌아보았다. 그녀가 눈썹을 추켜올렸다. 폭탄이 떨어졌고, 그녀의 모습이 사라졌다.

폭발의 충격이 나를 크게 뒤흔들었을 때, 귀에서 피가 쏟아지는 것 같은 느낌이 들었다. 그러고 나서야 폭음이 귀에 들어왔다. 나는 재빨리 손과 발을 살펴보고, 그리고 떨리는 손으로 얼굴, 목덜미, 뒷머리를 만져보았다. 다친 곳은 없었다. 무릎에 살짝 피가 난 것이 전부였다. 길 가운데 움푹 파인 분화구를 향해 절뚝거리며 다가갔다. 입을 쩍 벌린 구멍 속에 파브르는 없었다. 그녀 몸의 단 한 조각도, 살 한 점도, 군복 한 자락조차도 보이지 않았다. 하늘이 빙글빙글 돌았다. 산과 새들이.

III

　저녁때 나는 폴란드인의 집으로 군인들을 보내 그를 체포하도록 시켰다. 최고 소비에트의 눈에 띄려는 의도로 장갑화물차까지 동원했다. 브라친스키가 이미 달아나버린 것을 나는 알고 있었다. 그는 아레 강변을 거슬러 말을 타고 알프스 요새로 갔을 것이다. 그곳에서 아프리카의 관할 아래 있는 북이탈리아를 돌파할 방안을 모색할 것이다. 나라도 그렇게 했을 테니까.

　알프스 산맥은, 비록 거의 모든 산들이 요새로 완벽하게 개조되고 지하 터널이 사방에 뚫려 있긴 하지만, 아직도 몇몇 구역은 들키지 않고 통과하는 것이 가능했다. 위대한 건축공학의 승리, 노동자의 승리, 백 년도 더 전에 본토의 요새화를 위하여 시작되었으며 오늘날까지도 공사가 진행 중인, 영원히 완결되지 않을 대 건설 작품인 알프스 요새야말로 난공불락인 우리 SSR 철통수비의 상징이었다. 땅속 갱도에서부터 이리저리 터널을 파 지하에 충분한 공간과 통로를 만들어서, 수만 명의 군인들이 암반 아래로 숨어 들어가 얼음과 바위를 관통하고 있는 길을 수십 베르스타*나 이동할 수 있었다. 역사상 위대했던 다른 민족들, 예를 들자면 아멕시칸들은 피라미드를 세웠고, 우리는 요새의 터널을 판 것이다.

우리 혁명의 원천이 된 것 중 하나는 생전의 바쿠닌과 크로폿킨도 참여했던 법률연합이었다. 바쿠닌은 뉴베른의 브렘가르텐 묘지에 잠들어 있는데 나는 젊은 장교 시절 그곳을 처음으로 방문했다. 지금과 같은 겨울이었고, 모자를 벗어 손에 든 내가 검소한 무덤 앞에 서 있는 동안 눈송이가 소리도 없이——마치 땅에서부터 허공을 향해 솟구치는 것처럼 보였다——전나무와 오리나무로 둘러싸인 오래된 묘지 위로 내려와 쌓였다.

---

* 러시아의 옛 거리 단위로 1베르스타는 1066.7 미터다.

자정 무렵 나는 몽골로이드 사환에게 일러서 내 말에 안장을 올리게 하고, 두 개의 루거 파라벨룸 권총을 청소하고 기름도 칠해놓으라고 시켰다. 나는 내 사환이 마음에 들었다. 초저녁에는 적위군 두 명을 미리 앞서 보내놓았으니 늦어도 밤에는 그들이 폴란드인을 따라잡았을 것이다. 폴란드인은 겨우 한나절 정도 우리를 앞질러 간 것이니까 많아야 30베르스타 정도 아래 강을 거슬러 갔으리라. 아펜첼 출신인 적위군 군인들은 교육을 많이 받은 건 아니지만 추적에는 능한 기술자들이었다. 오늘 새로 내린 눈 위에 그들의 발자국이 찍혔을 테니 내가 따라가기가 수월할 것이다.

작은 자루 두 개에 식량을 담았다. 은시마,* 말린 고기, 카사바,** 우갈리,*** 쌀, 차 한 봉지, 설탕, 의약품, 파피로시 담배 두 갑, 그리고 약간의 초콜릿. 살이 얼어붙는 한밤중 추위 속에 콧김을 불어대며 마당 한가운데 서

---

* Nsima: 짐바브웨, 말라위 등의 주식으로 옥수수 가루로 만든 죽.
** cassava: 남아메리카 지역에서 자생하는 식물로 덩이뿌리는 감자처럼 쪄서 먹거나 가루로 빻아 식재료로 사용한다.
*** Ugali: 옥수수 전분으로 만든 죽으로 동아프리카 전역에서 먹는 음식이다.

있는 갈색 말 등에 자루를 올렸다. 두 장의 개가죽과 담요 두 장을 단단히 동여매고 탄약상자 하나를 안장 뒤편에 연결한 다음 털가죽 천으로 칭칭 감싼 만리허 카빈총 한 자루를 안장 끈 아래로 잘 챙겨 넣고 나서, 탄환 두 줄을 가슴에서 엇갈리게 걸쳤다. 그리고 나는 다시 안으로 들어가 세 시간을 더 잤다. 사환이 손가락으로 허공에다가 문신을 그렸다. 나는 아무런 꿈도 꾸지 않았다. 개는 어디론가 나가버렸다.

이른 아침 나는 사환에게 악수를 건네고 그의 어깨를 안았다. 그리고 전신원으로부터 압수한 회중시계와 루거 파라벨룸 한 자루를 선물로 주었다. 선물을 받아든 그는 나를 한 번 바라보더니 시계를 외투 주머니에 집어넣었다.
"안녕히 가십시오, 장교님" 하고 그는 말했다.

말 타는 것이 이렇게 기분이 좋다니! 도심의 좁은 골목길들을 빠져나오자 거지들과 부상자들, 그리고 기억들로부터도 벗어날 수 있었다. 나신으로 침대에 누워 있던 파브르, 마치 아이처럼 두 다리를 가슴 쪽으로 끌어 올린 채. 파도. 따뜻하게 내리는 한국의 비.

잔인한 전쟁의 상흔으로부터 멀어지면서 안장 아래서 규칙적으로 떨리는 말 등의 감촉만이 내게 남았다. 수천 개의 바늘로 얼굴을 찌르듯이 차가운 얼음바람, 뜨뜻한 김을 내뿜는 말 옆구리의 온기, 짧은 보폭으로 빠르게 종종걸음 치는 말, 말이 달리면서 주변의 전나무 가지들을 스칠 때마다 하얀 눈 더미가 하늘로 솟구쳤다. 자고새가 날개를 퍼덕이며 날아올랐다. 쏘아서 맞출 수도 있었을 텐데, 하지만 나는 그걸 너무 늦게 발견했다.

흰 눈 위에서 하얀 수건 하나가 바람을 타고 펄럭였다. 그걸 보고 놀란 말이 앞발을 들고 곤두서는 바람에 나는 안장에서 떨어지지 않으려고 안간힘을 써야 했다. 그러느라 나는 수첩을 잃어버렸다. 하지만 수첩은 이제 별로 중요하지 않다. 외투 주머니에서 빠져나와 눈 덮인 땅으로 떨어져버렸다. 수첩은 곧 보이지 않게 되었다. 이제는 누구도 이해하지 못하는 글자와 함께.

강을 왼쪽에 둔 채 나는 남쪽으로 남쪽으로 달렸다. 초라한 마을들이 나타났다가 사라졌다. 아래 강 건너편 저 멀리서 쇠락한 농가가 한 채 불타고 있었다. 폭격을 맞은 것이다. 검은 연기가 시커먼 깃발처럼 치솟았다. 하늘은 우유처럼 하얬다. 태양은 어디에도 보이지 않았다.

몇 시간 후 나는 툰 호수에 도달했다. 얼어붙은 호수의 검게 번득이는 차가운 표면은 남동쪽 산기슭을 향해 뻗어 있었다. 호수로 향하는 가파른 비탈, 듬성듬성 서 있는 자작나무, 그리고 계속해서 나타나는 버려진 농가들의 담벼락은 진흙이 덕지덕지 말라붙어 있었다. 포기할 줄 모르는 인민들이 끈질긴 인내심으로 망가지고 낡은 담장을 그렇게 수리하고 또 수리했던 것이다. 어느 날 그들이 정말로 완전히 포기해버리기 전까지는. 나는 가능하면 사람을 피하기 위해 일부터 이 지역을 통과해 왔다. 밤에는 눈이 그쳤다. 간혹가다가 눈 위에서 내가 보낸 아펜첼 군인 두 명의 말 발자국을 발견할 수 있었다.

이곳은 뉴베른이 있는 본토 중심지에서 산악지대로 향하는 길목에 해당했다. 요새 주변을 빙 둘러싸고 자리한 거대한 이 평야는 원래부터 가난한 지역이었다. 들판에는 누더기를 걸친 조그만 므와나들이 놀고 있었다. 비록 칭칭 싸맨 모습들이지만 그들에게서는 굶주림의 기색이 역력했다. 그들은 뭔가에 놀란 듯 새파랗게 질린 표정에, 낯빛은 창백했고, 피골이 상접했으며, 앙상하게 마른 팔에 나뭇가지나 초라한 장남감 등을 들고 있었다. 내가 말을

타고 지나가자 그들은 움푹 들어간, 거무스름하게 테두리
진 눈으로 물끄러미 나를 올려다보았다. 나는 그들에게
미소를 보냈으나 그들은 고개를 돌려 외면해버렸다. 이
지역에는 지뢰가 묻혀 있다. 바라건대 부모들이 어느 들
판, 어느 산비탈에 지뢰가 있고 어디가 안전한지 이 므와
나들에게 일러두었기를. 그런데 이들을 보아하니 부모 없
이 아마도 어떤 뻔뻔한 농부 밑에서 고용살이를 하는 계약
노예나 농노 아이들임이 분명했다. 언젠가, 우리가 마침
내 지상에 완전한 공산주의를 실현하는 날, 이런 아이들
은 사라질 것이다.

　　호수 위에는 몇 명의 어부들이 얼음에 구멍을 뚫고 낚시
를 하고 있었다. 비탈을 내려간 나는 그들을 향해서 말을
걸었다. "안녕하십니까? 혹시 오늘 말을 타고 가는 군인들
을 보았는지요?" 하지만 그들은 겁을 먹고 몸을 움츠리더
니 바람막이 담요를 추켜올려 아예 머리까지 가려버렸다.
그들은 내가 말에 올라탄 채로는 얼음 위로 가지 못한다는
것을 아는 눈치였다. 뭐 상관없지. 나는 계속해서 갔다.
불확실함을 향해, 대(大) 아래 강의 근원을 향해서. 요새
로, 그리고 슈레크호른으로. 그곳에 브라친스키가 있다.

IV

나는 말라위의 한 조그만 마을에서 태어났다. 좀바 산과 물란제 산 기슭에 있으며 모잠비크와의 국경에서 40베르스타 정도 떨어진 곳이다. 네 아들 중 막내인 나를 낳으면서 어머니가 죽었다. 나는 노랗게 이글거리던 부드러운 오후의 열기와 서늘한 그늘을 기억한다. 저녁이면 마을 가장자리를 둘러친 울타리 너머에서 석양빛을 받은 푸른 히비스커스 나무들이 이파리를 반짝였다. 나는 먼지와, 산과, 새들을 기억한다. 우리는 체와 언어로 소통을 했다. 외국인들은 우리의 언어를 치체와라고 불렀다.

일반적인 관습에 따라 막내아들인 나는 블랜타이어*에

있는 군사 아카데미로 보내졌다. 수십 년 전부터 스위스의 사령부는 블랙 아프리카의 대다수 지역에 군사학교를 설립만 하는 게 아니라 직접 운영도 하고 있었다. 전쟁을 치르는 스위스로서는 훌륭한 병사와 장교들이 많이 필요했던 것이다. 인간 공급이란 면에서 볼 때 아프리카 연맹은 그 어디와도 비교할 수 없이 풍부한 토양, 결코 물이 마르지 않는 샘과 같았으니까.

나는 우리 마을 근처에 있던 영국과 포르투갈 선교회에서 읽기와 쓰기를 배웠다. 캐나다 자치령 출신인 사제 키스 형제는 수업이 끝난 후 아이들과 어울려 있는 나를 따로 불러내서 총고니 바위동굴로 데리고 갔다. 그곳에 있는 신비한 바위 벽화를 보려주려는 것이었다. 동심원 모양으로 음영을 새겨 넣은 그 그림은 내 조상들의 작품이었다. 그림 속에 나타난 소용돌이와 독특한 인체 형상은 나를 완전히 매혹시켜서, 나는 한참이나 지난 다음에야 내 뒤에 서 있는 신부가, 기름 램프의 흐릿한 불빛 아래서, 조용히 가쁜 숨을 내쉬며 자위를 하는 것을 아주 우연히 알아차렸을 정도였다.

---

* 아프리카 동남부 말라위에 있는 상업 도시.

젊은 훈련병 시절—당시 나는 열네 살이었다—나는
자주 열이 오르곤 했다. 스위스인 군의관은 내가 갓난아
기 때 말라리아에 감염되었기 때문이라고 진단했다. 국경
을 영구히 폐쇄하기 이전에 아멕시칸들이 주사약을 풍선
에 매달아 아프리카로 공수해준 덕분에 병은 이미 한참 전
에 나았지만 그 후유증이 남아 있다는 것이다. 그 이후 아
멕시칸의 땅에는 깃털 달린 뱀*으로 인한 무서운 내전이
발발했는데, 사람들은 그곳의 소식을 거의 들을 수 없었
고, 어쩌다 듣는다 해도 모두가 끔찍하고 소름 끼치는 내
용뿐이었다.

내 심장은 다른 사람들처럼 가슴 왼쪽이 아니라 오른쪽
에 있었다. 나는 단 한 번도 그 사실을 별다르게 여기지
않았으나 나를 진찰한 군의관은—그때 그는 아주 냄새가
좋은 파피로시 담배를 피우고 있었다—옷을 벗기고 내
가슴에 차가운 청진기를 올리자마자 둥근 청진기판을 왼
쪽에서 오른쪽으로 정신없이 왔다 갔다 하더니 깜짝 놀라
서 손을 황급하게 떼느라, 한가한 밤 시간의 여유를 즐기

---

* 아즈텍의 신 케찰코아틀을 의미한다.

려고 준비해둔 꿀을 탄 따뜻한 우유를 쏟아버렸다. 나는 그날 검진을 받은 천여 명의 훈련병 중 거의 마지막에 속하는 한 명이었던 것이다. 뿐만 아니라 너무 충격을 받은 나머지 진료탁자 위에 있던 포름알데히드에 담가놓은 메뚜기 표본까지 떨어뜨려서 값비싼 유리병이 진료실 바닥에서 산산조각 나버렸을 정도였다.

영국인 탐험가이며 제국주의자 데이비드 리빙스턴의 출생지 이름을 딴 도시 블랜타이어에는 훈련병들이 1천5백 명가량 있었는데, 거의 대부분이 나와 같은 니안자족 젊은이였다. 당시에는 군사학교에서 여자생도들을 받지 않았다. 우리는 스위스인 교관들을 존경했다. 그들의 태도는 올바르고, 그들의 방식은 신뢰성이 있으며, 우리를 때리지 않았고, 설사 우리가 그들의 흰 피부, 너무 지나치다 싶은 고지식하게 직설적인 행동, 처음에는 무서움을 자아내지만 익숙해지면 금가루처럼 반짝여 보이는 노란 머리카락을 놀려댈지라도 우리를 깔보는 발언을 전혀 하지 않았다. 스위스인들은 우리를 필요로 했다. 그들은 우리 젊은이에게 훈련을 시키고 충분한 음식과 함께 새로운 믿음도 심어주었다. 그것은 충분 이상의 혜택이었다. 스위스인들의 겸손함, 완고함, 겁먹은 듯 꼼짝 않는 신중한 성향은 나에게 강한 인상을 남겼다. 그들은 단 한 번도 독선적이거나 잔혹하게 군 적이 없지만, 항상 자신들이 원하는 바가 무엇인지 정확하게 파악하고 있다는 느낌을 받았다. 그들은 매수가 도저히 불가능하게 청렴해 보였고, 항상 정도를 걸었으며 공정했다. 나의 가장 큰 소망은 그들처럼 되는 것이었다.

우리는 군사훈련을 받고 사격을 배웠으며, 돌격군장을 완비하고 10베르스타를 달린 후에, 녹초가 된 몸을 가누기도 전에 곧바로 대검을 들고 붉은 페인트로 동그라미가 그려진 허수아비의 가슴팍 한가운데를 명중시켜야만 했다. 우리는 스위스의 혁명가요를 배웠고 검은색 눈〔雪〕안경 착용이 익숙해지도록 훈련했다. 우리는 북쪽의 추운 나라에서 벌어지는 전쟁을 위해서 교육되어지는 존재였다. 그러므로 아프리카의 뜨거운 태양 아래서 겨울 전투모자를 착용했으며 장화 속으로 눈이 들어가지 않도록—우리는 단 한 번도 눈이란 물질을 실제로 본 적이 없었다—종아리를 털가죽으로 묶는 법도 알게 되었다.

아카데미에서 얼마간 시간을 보낸 뒤부터 우리는 더 이상 니안자족 언어를 사용하지 않게 되었다. 대신 스위스의 방언을 썼다. 카를 마르크스나, 특히 레닌 동지의 이야기를 왁스*에 구워놓은 "음성 문헌"을 통해 자주 들었다. 레닌은 봉인 열차를 타고 완전히 초토화된 러시아로 돌아가는 대신에 스위스에 머물렀고, 그곳에서 수십 년간의 전쟁을 치른 뒤에 마침내 취리히와 바젤, 뉴베른에서 소비에트를 건설했다는 혁명의 역사를. 당시 러시아는 지금까지도 원인 불명으로 남아 있는 대형 폭발사고로 중앙 시베리아의 툰구스카에서 민스크에 이르는 드넓은 지역이 모조리 바이러스에 오염되고 말았던 것이다. 끝없는 툰드라 평원과 우랄 산맥의 비옥한 밀 곡창지대가 영원히 사람이 살 수 없는 죽음의 땅으로 바뀌었다. 매장된 니켈과 구리, 그리고 곡물 비축분도 모조리 못쓰게 되었다. 러시아 제국은 유독한 먼지와 죽음을 부르는 검은 재만이 떠다니는 거대한 황무지가 되었다.

우리는 비타민 D를 다량 공급받았다. 처음 얼마 동안은 아카데미에서 처음 접한 음식들의 맛이 낯설어 고생을 했지만 나중에는 익숙해졌다. 비타민 D는 그 음식에 풍부하게 첨가되어 있었을 뿐만 아니라, 일주일에 두 번씩 근

---

* wax: 음반 녹음에 쓰이는 백랍(白蠟)으로 만든 판.

육주사로도 공급되었다. 과학자들은 설명하기를, 아프리카인들은 피부의 색소로 인하여 기온이 낮고 태양광선이 상대적으로 약한 환경, 즉 스위스에서는 생명유지에 필수적인 비타민 D를 몸 안에서 충분히 만들어내고 비축하는 것이 불가능하다고 했다. 몇몇 훈련병들은 주사 맞는 것이 겁나서 변소 옆에 숨었다. 용감하게 주사를 맞은 우리는 그때부터 그 동료들을 "갈색인종"이라고 불렀다.

그곳에서 배운 바에 의하면 영국 왕은 독일 파시스트와 한편이 되어 우리와 전쟁을 벌이고 있다고 했다. 그들의 계획은, 자신들이 주인이 되어 편하게 살기 위해 우리 아프리카인을 노예로 부려먹을 타락의 대제국을 세우는 것이다. 정치교육 시간에 한 교관이 우리에게 독일군 병사로부터 빼앗은 군복 벨트를 보여준 적이 있었다. 교관은 마치 수풀 속에서 기어나온 독사라도 건드리는 것처럼 조심스럽게 손가락 끝으로 벨트를 다루었다. 훈련병들은 무서운 물건을 보듯이 두 눈을 크게 뜨고 한 사람 한 사람 차례로 벨트를 관찰했다. 우리 반의 다른 훈련병과는 달리 글을 읽을 줄 알았던 나는 벨트의 이음새에 새겨진 구절을 단박에 이해할 수 있었다. 영국군과 독일군의 벨트에 공통적으로 박혀 있는 그 말은 '신은 우리와 함께'였다.

    인종차별은 없었다. 인종차별은 절대 있어서는 안 되는 행위자 개념이었다. 스위스인 교관들은 인종차별을 아예 싹부터 없애고 금지시키는 데 부단히도 노력을 했다. 우리는 피부색이나 출신과는 전혀 상관없이 스위스군의 장교가 될 신분이었다. 한번은 로만디 출신의 젊은 하사 한 명이 장교식당에서 아프리카 원숭이에 대한 헛소리를 지껄였다가 3주간이나 사슬에 묶인 채 음식이라고는 마니옥 가루와 물만 허용되는 벌을 받기도 했다. 말라워에 온 지 얼마 안 된 그는 그런 저질 농담을 하면서 혼자서 흥이 오른 나머지 자기 허벅지를 쳐가면서 웃어댔다. 창밖은 깜깜한 어둠이었다. 아마도 그는 술을 너무 많이 마신 것이리라. 다른 장교들은 점점 더 말수가 없어졌고, 표정은 점점 더 어두워졌다. 백인 소위 한 명이 앞으로 나서더니, 모기를 쫓으려고 켜놓은 촛불을 손가락으로 비벼 꺼버린 다음 전기 스위치를 올렸다. 그리고 커다란 백열등 불빛 아래서 로만디인의 어깨에 경고의 표시로 손을 올렸던 것이다. 다음 날 이미 로만디 하사는 군사법정에 출두하여 해명을 하고 처분을 기다리는 신세가 되었다. 훈련병들 사이에서 이 사건은 두고두고 화제가 되었다. 스위스인의 공정함에 대한 존경심이 더욱 상승했으며 우리도 덩달아

으쓱한 기분이 되었다. 우리는 순진했던 것이다. 하지만 그때 우리는 정말로 자랑스러웠다.

알프스에 건설한 대규모 요새에 관해서도 들었다. 칼라 칠판 앞에 선 교관이 아득히 깊은 지하에 뚫린 갱도, 언제든지 지하의 선로 시스템을 통해 암벽 바깥으로 운반될 수 있는 육중한 대포들에 관해서 그림을 그려가며 상세히 설명해주었다. 전체 요새는 수십만 베르스타나 되는 지하 선로로 연결되는데 그것은 지구 전체를 두 바퀴나 도는 길이에 해당한다. 놀라서 입이 딱 벌어진 우리 훈련병들에게 교관은 말했다. 지하 선로 노선은 어떤 곳에서는 심지어 여섯 개 층으로 이루어지기도 했고, 그 위를 군인과 물자를 실은 화차들이 왕래하고 있으며, 적들은 도저히 요새 내부로 침투할 수가 없는 데다가 외부에서 아무리 폭격을 퍼부어도 끄떡없을 정도로 알프스의 암반은 튼튼하다고. 내 머릿속에는 지하에 만들어진 거대하고 복잡한 동굴 내부, 천장에 매달린 희미한 램프가 노란 불빛을 이곳저곳으로 비춰주는 아래, 수천 명의 군인들이 마치 개미처럼 분주하게 움직이면서, 어둠 속으로 스며들듯 이리저리 사라지는 모습이 그려졌다. 그들 중에 섞여서 함께 있는 내 모습을 상상해보았다. 군중 속에서 보호받으면서,

흙과 함께 있는 내 모습을, 붉은 진흙과, 얼음과, 눈, 군복들, 둥지들이 보였다. 나는 전쟁조차도 볼 수 있었다. 나는 전쟁을 느낄 수 있었고, 전쟁을 맛보고, 냄새도 맡을 수 있었다.

종종 나는 내가 일종의 알 속에서 자랐다는 느낌도 들었다. 눈으로 덮인 알프스, 내부에 엄청난 동굴 요새가 자리 잡은 스위스의 거대 산맥은 악마적인 마력을 지닌 채 나를 끌어당겼다. 어린 시절 마을 옆에 있던 물란제 산이야말로 세상에서 가장 높은 산이라고 철석같이 믿었던 나는 블랜타이어에 와서야 북쪽 나라에 있다는 빙하로 덮인 드높은 산맥들, 그리고 그곳의 빙하 아래와 위에서 벌어지고 있는 정의로운 전쟁에 대해 듣게 되었다. 스위스 소비에트의 형제들이 세상의 정의를 구현하기 위해, 인종 증오와 약탈이 없는 세계국가를 건설하기 위해 분투하면서 벌이는 전쟁.

그러나 한밤중 나를 엄습하는 악몽 속에서, 메뚜기 표본이 든 병이 바닥에 떨어지면서 유리가 산산이 깨어지는 장면이 되풀이해서 나타나고, 심장이 없는 내 왼쪽 가슴의 맨살 위로 차가운 청진기의 금속판이 와 닿는 것을 느끼곤 한다. 온몸이 떨린다. 구역질의 느낌이 사라지지 않는다. 마치 내 몸으로부터 다른 생명체가 태어나는 것처럼, 몸속에서 뭔가 분열하면서 탈피하는 것처럼, 마치 인체 내부의 피부가 벗겨지기라도 하는 것처럼.

많다면 많고 적다면 적은 일을 겪으며 군사 아카데미에서 몇 년의 교육을 마친 우리는 장교의 신분이 되었다. 아카데미 측은 우리 중에서 지적인 욕심과 끈기가 뛰어나고 게다가 장교로서의 인품과 격을 갖춘 졸업생들을 골라 특별기동훈련에 내보냈다. 기동훈련은 우리가 스위스에서 마주치게 될 기후와 환경뿐 아니라 우리들의 제2의 조국이 될 나라의 형이상학마저도 모의로 체험하게 한다는 목적을 갖고 있었다. 훈련 장소는 블랜타이어에서 수백 베르스타 떨어진 킬리만자로였다. 우리는 기차에 올라타 킬리만자로로 가는 첫번째 구간을 여행했을 뿐인데도 그 거리가 상상도 못했을 만큼 아득하게 멀다고 느꼈다. 그런데 스위스는 그보다 백 배나 더 멀리 떨어져 있다고 하니 도저히 믿어지지가 않았다. 드넓은 세상을 일부라도 직접 체험하니, 그런 광대한 세상에 대한 지식을 갖춘 교관들이 더욱 우러러보였다.

지붕 없는 열차에서 내린 우리가 아프리카의 뜨거운 태양이 내리쬐는 가운데 선로 가장자리에 앉아 잠시 휴식을 취하려는 찰나, 한 젊은 스위스인 하사가 우리를 옆 선로로 안내했다. 그곳에는 레일바이크가 한 대 정차해 있었다. 올라타! 우리는 레일바이크에 기어올랐다. 네 명, 다섯 명, 여섯 명이 한꺼번에. 그리고 바이크는 북쪽을 향해 출발했다. 한 동료가 우리들 머리 위로 낡아빠진 구멍 난 우산을 하나 펴 들어 조그만 그늘을 만들어주었다. 그렇게 우리는 우리 자신의 근육 힘으로 바퀴를 굴려가며, 양철판 위에 선 채, 사바나 평원을 덜그덕덜그덕 지나갔다. 우리는 바이크의 속도가 떨어지지 않게 하려고 교대로 물과 은시마 경단을 서둘러 삼켰다. 마침내 저녁이 되자, 거대한 킬리만자로의 원뿔형 봉우리가 지평선에 모습을 나타냈다.

　　킬리만자로는 꼭대기에 설탕처럼 하얀 모자를 뒤집어 쓴 듯이 보였고 서쪽 산등성이는 저물어가는 태양 빛을 받아 오렌지색과 장미색 광채에 감싸여 있었다. "동지들, 보라!" 하고 누군가 외쳤다. 우리는 시선을 높이 들어 하늘을 향했다. 하늘에는 조그만 흰 구름이 한 점 둥실 떠 있고, 그것과 같은 높이에서 스위스의 십자 국기가 그려진 두 개의 수소 비행선이 산봉우리 주변을 소리 없이 빙빙 느리게 날고 있었다. 부연 먼지가 휘몰아치는 석양의 평원 위를 한 무리의 얼룩말이 내달렸다. 도저히 잊을 수 없는, 그 무엇과도 비교할 수 없는 광경이었다.

레일바이크는 무사히 모시 역의 대피선 선로 위에 도착했고, 우리는 군복에 뽀얗게 앉은 먼지를 털어냈다. 그리고 곧장 지역사령부로 가서 신고를 한 후 말라위에서 가져온 짐을 내려놓고 밧줄과 굵게 짠 스웨터 등의 장비를 받았다. 다음 날 아침 우리는 킬리만자로 봉우리로 이어지는 등성이를 기어 올라갔다. 우리들 발아래서 황금빛으로 고요하게 가라앉은 사바나 평원이 눈에 들어왔다.

처음에는 빽빽하게 들어찬 원시림을 지나갔다. 짙게 깔린 안개의 장막 속에서 초록빛 나무들이 유령처럼 불쑥불쑥 나타나 우리의 길을 가로막았다. 갈색으로 축 늘어진 겨우살이 줄기에서 물방울이 뚝뚝 떨어졌다. 발이 닿는 곳은 전부 흐물흐물한 진흙으로 무릎까지 푹푹 빠져드는, 몸서리쳐지게 차가운 진창이었다. 머리 위 나뭇잎에서는 물이 후드득 쏟아졌고 우리의 발길을 피해 넓은 곳으로 달아나려는 벌레들이 사방에서 우글거렸다. 그렇게 우리는 몇 시간 동안 느린 속도로 산을 올라갔다. 곰팡이 냄새와 썩는 냄새가 코를 찔렀다. 마치 축축한 시체들의 왕국을 통과하는 느낌이었다. 동료 한 명이 몸을 굽히더니 다리에 붙어 있는 거머리들을 떼어냈다. 거머리는 장화 윗부분에 찰싹 달라붙어 있었다. 우리는 다들 자신의 몸을 살폈다. 그러자 정말로 우리 모두 미끈거리는 자웅동체의 생물체에게 공격당하고 있음을 알게 되었다.

우리는 스위스의 장교들이었으므로, 아무렇지도 않은 듯 웃으며 칼을 이용해 다리에서 거머리를 떼어냈다. 하지만 동료 한 명은 걸어오는 도중에 거머리가 콧속으로 들어가버렸으나 미처 알아차리지 못했다. 나중에 그것을 발견한 동료는 공포의 비명을 질렀는데, 도저히 그를 진정시킬 수가 없었다. 우리는 그를 담요 위에 눕힌 다음 팔과 다리를 고정시키고 내가 엄지와 집게손가락을 이용하여 그의 콧구멍 밖으로 삐져나와 있는 거머리의 끄트머리를 잡아당겼다. 그는 당장 그만두라고 외쳐댔다. 기절할 정도로 고통스럽다는 것이었다. 나는 칼을 꺼내서 칼끝을 이용해 거머리를 조금씩 끄집어냈다. 그러자 마침내 거머리가 빠져나왔다. 거머리 머리의 갈고리에는 동료의 콧속 살점이 매달려 있었다. 피투성이의 포물선을 그리며 거머리를 원시림 유기체의 생태계 속으로 다시 던져버렸다. 하지만 또 다른 거머리들이 조그만 몸집에 비해서는 놀랄 만큼 빠른 속도로 우리의 몸 위로 다시 기어오르고 있었는데, 그 순간 안개가 걷히면서 태양빛이 환하게 비쳤다. 눈앞의 풍경이 서서히 드러나기 시작했다. 우리 위쪽은 나무 한 그루 없이 펼쳐진 바위 평원이었다. 눈이 닿는 곳어디나 밝은 갈색으로 번쩍번쩍 빛나는 바위덩어리들 천지였다. 그리고 그 평원이 끝나는 뒤쪽에 끄트머리가 깎인 듯 편평한 산봉우리가 보였다. 그곳, 그 위쪽에 불투명한 하얀색 수분 덩어리인 눈이, 스위스를 뒤덮고 있다는 만년설이 있을 것이다. 놀라움과 감동으로 우리는 말을 잊은 채 서 있었다. 이제 곧 우리 손으로 직접 만질 수 있으리라. 하얗게 빛나는 차가운 그 위대한 물질을.

거머리 갈고리에 있는 독이 지혈을 방해하는 바람에 좀처럼 출혈이 멈추지 않는 동료의 얼굴을 붕대로 칭칭 감고 우리는 계속해서 앞으로 전진했다. 설산 봉우리를 마주보며 몇 베르스타나. 습기 찬 안개 지역을 빠져나온 우리는 크고 작은 암석으로 덮인 가벼운 경사를 올라갔다. 고도가 높아질수록 마치 대기 중에서 산소가 어딘가로 흘러 나가기라도 하는 것처럼 호흡이 점점 힘들어졌다. 드디어 이튿날 이른 오후, 숨을 헉헉거리면서 허리를 앞으로 잔뜩 구부리고, 열 걸음 스무 걸음마다 누런 가래침을 뱉어 가며 우리는 킬리만자로의 서쪽 등성이에 도달했다. 우리 의 바로 앞에는, 생애 처음으로 목격하는, 한없이 일시적 이면서 동시에 어떤 유기체적인 것을 연상시키는, 스위스 의 눈이라는 사물이, 손을 뻗으면 바로 닿는 거리에 가까 이 놓여 있었다. 눈. 말라위에는 그에 해당하는 말이 없었 다. 그것 자체가 존재하지 않았기 때문이다. 우리는 손을 뻗어 눈을 움켜쥐고 핥아보았으며, 먹기도 했고, 장홧발 로 그 위를 밟아보고, 자신의 발자국을 신기하게 내려다 보았다. 우리는 눈을 뭉쳐 서로에게 던지고, 즐겁게 웃으 면서 눈을 가지고 사자의 형상을 만들고 날아가는 포탄과 악어와 거대한 페니스를 만들었다. 우리는 스위스인이었 다. 저 아래쪽 우리의 발아래 안개 지대에서 새들의 까욱 거리는 울음소리가 들려왔다. 우리는 그 새들과 같았다.

V

얼마나 오래 말을 타고 왔는지 모른다. 눈 쌓인 벌판과 언덕이 끝도 없이 나타났다가 사라지기를 반복했다. 정오 무렵 나는 숲 가장자리에서 오두막 한 채를 발견했다. 검은색 눈안경을 꺼내 썼다. 사방은 어떤 소리도 들려오지 않고 고요했다. 어치 한 마리가 말발굽 근처에서 펄쩍거리며 뛰어올랐다. 오두막의 지붕은 군데군데 구멍 난 부분을 전나무 가지로 얽어놓았다. 아펜첼 군인들의 말굽 자국은 오두막의 문으로 똑바로 향했다가, 다시 들판을 넘어 남쪽으로 이어졌다. 거무스름한 회색빛으로 싸인 평원 먼 곳에서는 다시 눈이 내리고 있었다.

말에서 내린 나는 리볼버를 손에 들고 몸을 숙인 다음 오랫동안 숲속의 동정을 살폈다. 세 사람분의 발자국이 숲으로 향하고 있는데, 말이 서 있던 장소로 되돌아온 것은 한 사람의 발자국뿐이었다. 나는 눈썹에 얼어붙은 얼음을 손으로 걷어냈다. 그리고 잠겨 있지 않은 문을 밀고 오두막 안으로 들어갔다.

브라친스키는 거기 머물렀었다. 떠난 지 오래되지는 않았다. 아마도 어제저녁, 해가 지기 전까지는 여기 있었으리라. 난로는 차가웠다. 나는 난로의 통풍구를 열고 한쪽 장갑을 벗고는 손가락으로 회색빛 비누처럼 매끈매끈한 석탄재를 만져보았다. 아직 온기가 남아 있었다. 단 하나뿐인 침대 위에는 더러운 개가죽 몇 장이 아무렇게나 뒹굴었고 탁자 왼편에는 쌀밥과 함께 얼어붙은 누런 뼈다귀 몇 개가 양철 접시에 남아 있었다. 선반에는 탁하게 흐려진 손거울 하나와 면도칼, 그리고 손톱 다듬는 줄이 있었다.

식탁과 책상 겸용인 듯한 탁자 위에는 영어로 된 책이 몇 권 놓여 있었다. 파시스트 선전 책자는 아니고, 곤충학 관련 서적임이 분명했다. 약간의 영어는 나도 해독할 수 있긴 했지만, 제목을 읽어보아도 무슨 소린지 잘 알 수 없는 것들이 대부분이었다. 그래도 나는 일단 제목들을 기억해두었다. *The Reverend Keith Gleed's Entomology of Canadian Insects*(키스 글리드 목사의 캐나다 곤충 연구), *The Grasshopper Lies Heavy*(메뚜기는 거짓말쟁이), 그리고 *Butterflies — How to Catch, Prepare and Mount them*(나비 채집과 표본, 보관법에 관하여). 맞은편 벽에는 오래된 포스터가 한 장 붙어 있었다. 이제 곧 완공될 스위스 미사일의 광고였다. 요새 암벽 바깥으로 머리를 불쑥 내밀고 있는 미사일의 뾰쪽한 끄트머리가 이제 곧 전쟁을 종결시키리라는 것을 암시하는. 공중에서 타원을 그리며 쏟아지는 미사일 세례를 한번 받기만 하면 함부르크, 런던, 코펜하겐은 겁에 질려 벌벌 떨리라. 포스터의 그림을 바라보고 있는 도중에 나는 갑작스레 기묘하고도 불쾌한 느낌이 들었다. 누군가가 나를 몰래 지켜보고 있다는 느낌이었는데, 그것은 내부의 장기를 예리하게 도려내는 것과 흡사할 정도로 소름끼치게 섬뜩했다. 시선 가장자리에서 뭔가 그림자 하나가 언뜻 보이는 듯했고, 내가 고개를 돌리면 순식간에 휙 하고 사라져버리는 것이다.

나는 집 뒤쪽으로 가서 세 개의 발자국을 따라 숲속으로 들어가보았다. 낮게 드리워진 가지들은 모두 흰 서리로 뒤덮여 있었다. 가지를 손으로 치우면, 마치 방울처럼 맑게 쟁그랑거리는 소리가 나면서 얼음 조각들이 깨져 내렸고 고운 가루들이 내 외투에 내려와 쌓였다. 키 작은 관목들의 가지는 가느다란 거미줄처럼 겹겹이 쳐진 얼음막으로 서로 연결되어 붙어 있는 상태였다. 주의를 기울이며 조심조심 한 걸음씩 숲 속으로 들어가는 중에, 멀리서 콧노래 비슷하게 흥얼거리는 소리가 들리는 것 같았다. 처음에는 작고 간헐적인 바스락거림이다가 나중에는 전기 진동음처럼 일정하게 이어졌다. 나무들 위로 보이는 하늘은 회색빛 섞인 흰색이었다. 나뭇가지들이 불안하게 흔들렸다. 눈 위로 난 발자국을 계속 따라가니 눈앞에 환한 개활지가 나타났다. 개활지 주변으로는 마치 천연의 무대를 꾸며주는 울타리인 양 어린 단풍나무 열두 그루가 빙 둘러서 있었고 개활지 한가운데에는 한참 전에 말라 죽어 이미 화석이 되어버린 고목이 하나 있었다.

고목 줄기에 살짝 무릎을 굽히고 기댄 자세로 아펜첼 적위군 병사 한 명이 나를 바라보며 서 있었다. 바지와 장화밖에 걸치지 않은 그는 상반신이 가루 같은 얼음 입자로 덮인 채 시퍼렇게 얼어 있었다. 나는 만리허 카빈총의 총구를 내린 채 나무 주변을 천천히 한 바퀴 돌았다. 새들.

그의 몸은 허리 윗부분이 나무줄기에 철사로 결박된 상태였다. 왼쪽 귀가 떨어져 나가고 없었는데, 살인자가 총구를 그의 왼쪽 귀에 갖다 대고 방아쇠를 당겼기 때문이다. 총알은 그의 귓속을 뚫고 들어간 다음 뒷머리 쪽으로 관통해 나갔다.

개활지의 반대쪽으로 뭔가가 질질 끌려간 자국이 나 있었다. 그리고 자국의 끝자락, 숲이 다시 시작되는 부분에 다른 한 명의 아펜첼 병사가 얼굴을 눈 속에 묻은 채 엎드려 쓰러져 있었다. 아마도 지금 내가 서 있는 정도의 거리에서 누군가 그의 등에 두 발을 쏜 것 같았다. 그의 왼팔은 여전히 피난처인 숲을 향해 뻗어 있었다. 살인자가 그의 동료를 나무에 묶고 처형하는 동안 그는 숲 속으로 달아나려 했던 것 같다. 하지만 멀리 가지는 못한 것이다. 나는 눈을 감았다. 나는 이곳에 아주 잠시만 있다 갈 것이다.

관목숲 속에서 나뭇가지가 부러지는 소리가 났다. 그리고 다시 재빨리 사라지는 그림자를 보았다는 생각이 들었다. 나는 조심스럽게 눈 위의 내 발자국을 되밟아 뒷걸음질 치며 오두막으로 되돌아왔다. 브라친스키는 왜 적위군 병사들을 죽였을까? 오두막 안이나 혹은 오두막 밖에서 그들이 오는 것을 지켜보고 있다가 뭔가 그럴듯한 핑계로 병사들을 숲으로 유인한 다음 살해하고 말을 탈취해 갔다. 말 세 필의 발자국이 오두막을 떠나 남쪽으로 이어졌다. 그들 사이에 뭔가 약속이 되어 있었던 것은 아닐까? 왜 이런 생각이 드는 건지 모르겠다. 그럴 만한 근거는 사라진 것 같은데. 하지만 내가 목격한 것과 일어난 사건 사이에는, 완전하게 일치하지 않는 뭔가가 있다는 느낌이 자꾸 들었다. 말 옆구리를 손바닥으로 두드리며 코를 쓸어준 다음 자루 하나를 열어 말린 고기를 꺼내 먹었다. 소금기 있는 질긴 고기를 씹고 삼키는 기계적인 동작을 반복하다 보니, 어느새 일종의 평상심이라고 할 수 있는 기분을 되찾았다. 아무 소리도 들리지 않고 고요했다.

숲 속 개활지로부터 머리칼이 검은 한 남자가 걸어오고 있었다. 난쟁이처럼 키가 작았다. 가볍게 다리를 절었으며 한때는 아마도 군복이었을 누더기를 걸치고 있었다. 그 위에 검은색 망토를 뒤집어썼다. 나는 리볼버를 꺼내 그를 향해 겨냥했다.

"멈춰."
"담배 피워요? 담배 가진 거 있나요? 아니면 치즈 한 조각만, 아니 쥐꼬리만큼만 떼 주시면 안 돼요?"

"거기 그대로 멈춰."

키 작은 남자는 그래도 계속 다가왔다.

"한 발짝만 더 움직이면 쏜다. 이건 경고야."

"배고파 죽겠어요, 나리." 남자는 한 걸음을 더 내디디며 애원하듯 두 손바닥을 위로 하여 앞으로 뻗었다. 그러면서 입을 씰룩거려 보기 흉한 미소를 만들었다. 그의 앞니는 뾰쪽하게 갈려 있었다. "치즈 한 조각만……"

"거기 멈추라니깐!"

나는 방아쇠를 당겼다. 남자와 나 사이에서 갑자기 눈이 분수처럼 솟아올랐다. 총알이 발사되는 소리가 겨울의 대기를 쨍 하고 흔들었다. 눈의 분수가 먼저 있었고, 그다음이 총소리였다. 산과 새들. 나는 끔찍한 현기증을 느꼈고, 내 손에서 리볼버가 떨어졌다. 아무것도 보이지 않았다. 오직 눈뿐이었다. 단단한 땅덩어리가 나를 강타했다. 전혀 움직일 수가 없었다. 말이 힝힝거리는 소리가 들렸다. 난쟁이 남자는 나에게 다가와서 내 이마를 짚었다. 그는 뭔가 "파저른" 비슷하게 들리는 말을 중얼거렸다. 나는 그의 입의 움직임과 뾰쪽한 이빨을 보았고, 혀가 밖으로 쑥 튀어나오는 것을 보았다. 세상이 온통 하얘지더니 곧 다시 깜깜한 암흑으로 덮였다. 그가 말한 것은 "파브르"였다.

VI

아버지는 앞서서 걷고 있었다. 아버지는 흰색 바지를
입고 있었으며 큰 체구에 앙상하게 여윈 그의 검은 상반신
은 맨몸이었다. 9월이었다. 나는 아버지의 뒤를 따라 샤
이어 강변의 거대한 나비 무리를 헤치며 걷는 중이었다.
나비 한 마리가 내 눈꺼풀 위에 앉았다. 속눈썹의 움직임
과 사랑에 빠져버린 나비는 눈꺼풀이 열리고 닫힐 때마다
자신도 동시에 날개를 움직였다. 멀리 걸어가는 아버지의
모습이 내 짙은 갈색 홍채에 들어왔다. 아버지는 뒤돌아
보지 않았다. 아버지는 손을 흔들지도 않았다. 아마 그때
아버지는 낚시를 해서 뭔가를 잡았던 것 같다. 그의 어깨
에는 물고기가 걸려 있었다. 아버지는 돌멩이가 든 주머니

와 새총 하나도 들고 있었다. 나는 일정한 거리를 두고 아버지의 뒤를 따라 커다란 만곡을 그리는 강변을 걸어갔다.

새카맸던 그의 머리칼은 형들이 죽은 이후로 백발이 되었다. 형들은 밤중에 군사훈련을 하던 도중 동료부대원들로부터 이탈하게 되었다. 어둠 때문에 길을 잘못 들어 반대 방향인 모잠비크로 깊숙이 들어가버린 것이다. 그들이 발을 디딘 곳은 파괴된 죽음의 구역이었다. 그들은 보어인*들이 머스터드 독가스를 풀어놓은 중립지역에 맨발로 들어섰다. 그들은 일반 사병이었다. 그들의 총은 단 한 번도 장전된 적이 없었다. 그들을 구조하기 위해 파견된 인력도 없었다. 나는 장교가 되어야만 했다.

우리 마을의 늙은 치유사는 밤이면 활활 타오르는 램프 불 아래서 파이프를 빨거나 바오바브나무 줄기처럼 옹이가 진 거친 손가락으로 자신의 비밀 문장인 적백 십자가 깃발을 수놓았다. 그는 새똥과 새 피를 이용해서 인간의 미래를 점칠 뿐만 아니라 지금까지 세상에서 일어났던, 하지만 그 누구도 모르는 채로 그냥 지나가버린 과거의 일들

---

* 남아프리카의 네덜란드계 백인.

까지도 모두 알아내는 능력이 있었다. 그런 일에 비하면 현재란 그에게 사소할 뿐이었고, 점점 더 사소한 것이 되어갔다. 그는 거의 먹지도 않았고, 공기와 파이프 담배, 자신의 호흡만으로 살아갔다. 간혹 아버지는 그의 오두막 앞에다 은시마가 든 자루나 샤이어 강에서 잡은 구운 물고기를 야자 잎에 싸서 걸어두었지만 그런 음식들은 하루 종일 치유사의 문지방에서 냄새만 풍기고 있었고, 저녁이면 예민한 후각을 가진 개들이 맛난 냄새분자를 더 이상 참고만 있지 말라는 그들의 본능에 따라 음식 보따리를 채 가버리곤 했다.

늙은 치유사는 카피치라 폭포 근처에서, 한평생 문질러댄 바람에 색이 하얗게 바랜 지혜의 막대기를 손에 들고 앉아 있다. 치페로니* 안개의 눅눅하고 짙은 습기는 고원 지대를 지나 이곳 샤이어 강둑까지 밀려 내려와 대지 전체를 부드럽고 고운 물방울로 적시고 있었다. 이른 아침, 야자나무 꼭대기에서 새들이 피리 소리를 낼 때 강변으로 내려와 산책하기, 그는 이것을 얼마나 사랑했던가. 그는 걸

---

* chiperoni: 일종의 부슬비를 가리키는 말라위 용어. 모잠비크의 치페로니 산에서 유래한 용어다. 북동풍이 불면 구름이 치페로니 산을 집중적으로 뒤덮었고 말라위의 샤이어 고원은 춥고 비가 왔다.

으면서 진흙 바닥을 발로 꾹꾹 눌러, 발가락 사이로 진흙
이 삐져나오도록 한다. 마치 그의 어린 시절에 그랬던 것
처럼, 영원의 절반 정도 이전에.

그는 이제 휴식을 취하고 싶었다. 그것이 오는 것을 보
았기 때문이다. 숱이 얼마 남지 않은 그의 머리칼은 마치
모직물이 물을 빨아들이듯 치페로니 안개비의 습기를 흡
수해버린다. 그는 머리칼이 노란 사람들이 오기를 기다렸
다. 몇 주일이고 그는 기다릴 수 있었다. 한 달이고 두 달
이고 그에게는 근본적으로 아무런 차이가 없었다. 한낮의
백일몽 속에서 그는 보았다. 스위스의 전함이 영국 국기
를 내건 철갑 군함을 침몰시키고 해군 병사들이 스핑크스
항구*를 점령하는 것을. 그는 보았다. 영국 군인들이 두
눈을 커다랗게 부릅뜬 채 죽어가면서 거대한 호수 밑바닥
수초 덩굴 사이로 가라앉는 광경을. 그는 우지끈 소리와
함께 군함의 몸체가 부서지면서 모래톱에 좌초하는 소리
를 들었다. 그는 보았다, 그곳, 수백 베르스타 떨어진 곳
에서, 비가 내리지도 않는데 단 몇 초만에 태양이 져버리
고, 호수 위의 하늘 전체가 갑자기 수백만 송이의 짙어져

---

* 과거 독일 식민지였던 동아프리카 니안자 호수의 항만으로 현재는 탄자니아에
  속한다.

진 히아신스 꽃잎처럼, 아니 녹아서 흘러내리는 황금빛으로 변해버린 것을.

스핑크스 항구에서는 브라스밴드가 스위스의 국가를 연주했다. 흰 제복을 입은 수병 한 명이 항만에 서서 하늘을 향해 높이 치켜든 자세로 트럼펫을 불고 있다. 그런데 이상하게도 스위스의 국가 멜로디가 영국 국가와 똑같이 들린다고 치유사는 생각했다. 돔-돔-디-돔 하는 엄숙한 음률이 항구 전체에 퍼져 나갔다. 마지막 저녁 햇살이 사라지기 전에 그들은 적군 부상병들을 들것으로 옮기고 깨끗한 무명 붕대로 상처를 감아주었다. 폭격으로 화재가 난 조그만 세관 사무실 건물의 불은 창고로 옮겨 붙기 전에 껐으며, 육지에서 죽은 영국군들의 시체를——사망자는 두 명뿐이었다——서둘러 군인 묘지로 옮겨 묻었다. 아스카리*들이 전통에 따라 나무 문을 열어두어서 영혼이 나갈 수 있도록 했다. 호수 위로 불어온 한줄기 바람이 수면을 잔물결의 주름으로 채웠다. 바람은 야자나무에 걸려 삐그덕거리며 멈추었고, 그러자 어둠이 닥쳤다.

---

* 유럽 식민지 군대의 아프리카인 사병을 일컫는 스와힐리어다.

스위스군은 연이어서 승리에 승리를 거두었다. 남쪽 지방과 모잠비크에서 보어인과 참호전을 치렀고 북쪽으로는 에티오피아 왕국까지 영향력을 뻗쳤다. 뿐만 아니라 전쟁이 끝난 곳에 그들은 학교와 대학과 병원을 세웠다. 동아프리카 곳곳에 수천 베르스타의 도로와 철도가 깔렸다. 노동자와 엔지니어, 과학자와 군인 들이, 점점 더 많은 군인들이 아프리카로 왔다. 그들의 도착은 몇몇 이들에게는 고통이었지만 나머지 다른 이들에게는 축복이었다. 그들은 수백 년 전부터 해안지방에 정착해 살고 있는 힌두스탄인들과 교역을 했고, 국경선을 새로 그었으며 교회를 부수어버렸다. 잠베지 강을 따라 내려가는, 그리고 나일 강을 거슬러 올라가는 탐험대를 조직했으며 서쪽으로는 콩고의 깊숙한 안쪽까지 들어갔다. 항구를 건설하고 강물을 막아 댐을 세웠고 썩어빠진 영국인과 성질 더러운 독일인, 냄새 고약한 선교사들을 몰아냈다. 새 통화와 우표를 찍어냈다. 소의 전염병을 없앴으며 체체파리를 박멸했다. 호숫가에다 엄청난 규모의 물소 떼를 사육했고 새로운 종의 물고기를 들여와서 호수에다 방사했다. 원시림을 개간하여 식량공급원으로서 최대의 효과를 내는 곡물을 재배했으므로 이제 누구나 다 풍족하게 먹을 수 있었다. 그리하여 동아프리카 전역에 문명의 혜택이 돌아가게 되었을 때, 오두막마다 전깃불이 환하게 밝혀지고 밤이면 해안 도시들의 불빛이 선박들의 길안내를 하게 되었을 때, 농작물을 실은 열차가 남쪽으로, 그리고 의약품을 실은 열차가 북으로 달리게 되었을 때, 마침내 예전에는 그 누구도 알지 못했던 평등이란 이념이 세상을 지배히게 되었을 때, 그제야 스위스인들은 아프리카인을 군인으로 교육시킬 군사 아카데미를 설립하기 시작했다. 본토에서 진행 중인 정의로운 전쟁에서 최종 승자가 되기 위하여. 늙은 치유사는 이 모든 과정을 지켜보면서 미소를 지었다. 그리고 샤이어 강변의 진흙을 퍼서 자신의 주먹만 하게 뭉쳤다. 진흙 뭉치들은 허공을 둥둥 떠다녔다. 그는 자신의 지팡이로 소원을 빌었다. 그의 소원은 이 세계 전체의 역사를 담은 참으로 짧은 노래가 되어 흘러나왔다. 그것은 새로운 인류의 도래를 소망하는 노래였다.

내 아버지, 그는 저만큼 앞서서 걷고 있었다. 나는 그를 따라잡지 못했다. 강물의 흐름이 구부러질 때마다 그의 모습은 매번 시야에서 사라지곤 했다. 은색과 갈색으로 반짝이는 샤이어 강은 멀리 물란제 산을 향했다가 그곳에 있는 커다란 호수 바깥으로 다시 흘러나갔다. 니안자 호수, 그것은 우리 민족의 이름이기도 했다.

VII

내가 눈을 떴을 때, 내 몸은 오두막의 나무 침대 위에
있었다. 개가죽 몇 장이 내 몸 위에 정성스레 덮여 있었고
오른쪽의 난로에는 불이 타고 있었다. 난쟁이 남자는 깜
짝 놀랄 만큼 센 힘으로 나무 장작을 무릎에서 잘게 쪼개
난로 속으로 집어넣는 중이었다. 장작이 하나씩 들어갈
때마다 난로 안쪽 깊숙한 곳에서 노란 불꽃이 이글거리며
거세게 활활 타올랐다. 그는 가죽끈으로 내 손목을 침대
에 묶어두었다.

"우리가 나리에게 디펜히드라민을 약간 주사했지요. 나
리가 너무 흥분한 상태라서요. 내 이름은 우리엘이라고

한답니다. 우리는 지금 음식을 만들어요. 나리의 자루에 먹을 것이 많더군요. 아쉽게도 치즈는 없었지만요. 우리 두 사람을 위해서 음식을 만들어요. 보세요, 우리는 요리를 합니다. 그런데 나리의 피부색은 참으로 검군요. 나리는 아프리카 사람이죠? 높으신 나리, 높으신 군인이죠. 나는 흑인을 겁내본 적이 없어요. 흑인은 우리의 친구니까요. 나는 나병환자는 아니에요. 그냥 숲에서 사는 거랍니다. 전쟁은 나를 잡아가지는 못하지요. 전쟁의 신 마르스라 해도 마찬가지예요. 숨어 있으니까, 알겠어요, 나리? 이렇게 숲 속에 숨어서 지내니까요. 그리고 이건 내 오두막이구요."

나는 의식이 반쯤 마비된 상태였지만 뭔가 말해보려고 애를 썼다. 그러자 그가 침대로 다가와서 손가락을 내 입술에 댔다. "지금은 쉬어야 해요, 아프리카 나리" 하고 그는 말했다. "나리는 전쟁 때문에 피곤한 거예요. 나는 그 누구도 아프게 하지 않는답니다. 배고픈가요? 음식이 곧 됩니다."

"우리엘. 왜…… 왜 날…… 묶어둔 거야?"

"나리는 우리엘이 숲 속의 군인들을 죽였다고 생각하겠지요? 다른 사람이 그랬답니다. 구름처럼 말하는 사람이

100

요. 나는 도망갔답니다. 그는 몰래 숨어서 군인들을 기다리고 있었어요. 내가 한 일이라곤 군인 한 명이 죽고 다른한 명이 도망갔을 때 죽은 이의 몸에서 스웨터를 벗겨온게 전부예요. 말도 내가 훔친 게 아니에요. 그 사람이 그랬죠. 난 절대 그런 짓은 하지 않는답니다. 전부 다른 사람이 한 짓이죠. 그 사람 입에서는 연기가 나왔어요."

우리엘은 다시 눈 녹은 물로 냄비를 씻는 데 열중했다. 말린 고기와 기장, 기름을 냄비에 넣고 끓이면서 나무 숟가락으로 저었고, 그러면서 계속 콧노래를 흥얼거렸다. 내가 갖고 온 자루가 입구가 벌어진 채 난로 곁에 놓여 있었다. 무기는 어디에도 보이지 않았다.

"카빈총은 어디 있지?"

"총은 말안장에 다시 매두었어요. 우리엘은 전쟁 무기가 필요 없답니다. 그 사람도 마찬가지였어요. 그 사람은 목구멍에서 연기가 나오니까요."

"그 사람이라니, 누구? 브라친스키?"

디펜히드라민의 효과로 나는 온몸에 감각이 없었다. 하지만 손목을 묶은 끈이 느슨한 것은 알아차릴 수 있었다. 나는 손목을 이리저리 움직이면서 난쟁이 남자의 주의를 다른 데로 돌리기 위해 계속 말을 걸었다. "어떤 사람을 말하는 거지?"

"그 사람은 피부가 나리처럼 검지 않았어요. 처음에는 그 사람 혼자 왔죠. 그다음에 군인 두 명이 말을 타고 와서 내 오두막에서 쉬었고요. 그 사람은 군인들과 대화를 했어요. 실제로 말을 하시는 않은 채 맘이죠. 난 겁이 났죠. 그래서 성경책을 들고 숲으로 도망가 숨어 있었죠."

"그런 책은 이제 없을 텐데."

"아니 있어요. 성경을 불태우는 더미에서 내가 한 권을 챙겨두었으니까요. 도시에서 성경을 태우던 날 불길이 얼마나 대단했는지! 활활 탔어요. 불꽃이 혓바닥처럼 하늘로 활활 솟구쳤죠. 그 사람은 군인들이 자신을 쫓아오는 걸 알고 있었어요. 그래서 군인들을 기다리고 있었던 거죠. 하지만 군인들도 그걸 알고 있기는 마찬가지였구요. 줄로."

"뭐라고?"

"그 사람은 여기서 군인들을 기다리고 있었다구요."

"아니 그다음에, 뭐라고 그런 거지?"

"줄로."

"치체와 말을 할 줄 안단 말인가?"

"그럼요. 나리. 우시쿠 줄로. 어젯밤에." 그는 미소 지었다. "티쿠오네니 마리아 와 차우렐레 초차드체."

"자비로우신 마리아여 경배합니다. 성경에 나오는 기도문이로군."

"맞아요, 나리. 거기 나오는 말이죠. 마리아여 경배받으소서, 자비로우신 분." 난쟁이 남자의 눈에서 이상한 광채가 번쩍거렸다. 그는 시선을 위로 향하고 있느라 내가 손목의 가죽끈을 거의 벗겨낸 것을 눈치채지 못했다.

"마리아 오제라 아마지 아 물룬구 무티펨페레레 이페, 초파노 은디 파 은타위 소사타, 아멘. 신의 어머니인 성모 마리아여 우리의 죄를 위하여 빌으소서, 이제와 우리 죽을 때에, 아멘."

"아멘이라니, 흥미롭군. 아무리 그래 봐야 달라지는 것도 없는데." 마침내 결박에서 완전히 자유로워진 나는 침대에서 뛰어내리며 재빠른 동작으로 그의 얼굴에 강편치를 날렸다. 우리엘이 뒤로 벌렁 나자빠지며 어깨로 난로와 냄비를 치는 바람에 뜨거운 수프가 바닥으로 쏟아졌다. 그가 중심을 잡느라 벽에 걸린 미사일 포스터를 움켜쥐어서 포스터가 찢겨 떨어져 나갔다. 나는 그의 몸 위에 올라탔다. 그는 몸집에 비해서 무서울 만큼 힘이 좋았다. 나는 난쟁이와 함께 척척한 수프가 쏟아진 바닥을 이리저리 뒹

굴며 싸움을 벌였다. 마침 손에 냄비가 잡히기에 그것으로 그의 머리통을 후려갈겼다.

오두막 안은 조용했다. 그런데 한구석에 처박혀 있던 지겨운 우리엘이 목구멍으로 힘겹게 그르렁내면서 신음하기 시작했다. 그의 머리 한쪽에서는 피가 흘렀다. 나는 앉은 상태에서 최대한 애를 써서 내 군복을 닦아냈다. 수 초 동안 눈을 감았다. 그런 다음 디펜히드라민 효과로 여전히 어지럽기는 했지만, 비틀거리며 문을 열고 나가 눈을 한 움큼 집어 들고 얼굴을 문지른 다음 군복 윗도리와 면 셔츠를 벗고 상반신도 눈으로 썻어냈다. 이제 몇 시간만 지나면 어두워질 것이다. 말이 있는 곳으로 가서 만리허를 집어 들고 장전을 했다. 그러고 나자 갑자기, 지금 오두막 안에서 징징대고 있는 난쟁이를 쏘아 죽여버리자는 강렬한 욕구에 휩싸였다. 카빈총의 방아쇠를 찰칵 당겨서. 탕 하고 쏘는 거다. 새들.

나는 옷을 챙겨 입으면서 그 생각을 머리에서 몰아냈다. 그리고 자루를 가져와 다시 안장에 동여매고 말에 올라탔다. 그건 비겁한 살인행위일 뿐이다. 그러면 나도 숲에서 아펜첼 군인들을 죽인 브라친스키와 다를 게 없어진

다. 오두막에서는 우리엘이 슬프게 울기 시작했다. 회색으로 흐린 하늘 아래 나는 남쪽으로 말을 몰았다. 훌쩍거리는 소리는 곧 들리지 않게 되었다.

너무 어두워져서 더 이상 말을 타고 갈 수 없게 되자 나는 어느 마을 근처에서 밤을 보내기로 했다. 마을은 아주 작아서, 불타 쓰러진 낡은 교회의 폐허를 중심으로 농가 몇 채가 모여 있는 것이 고작이었다. 사람은 아무도 살지 않는 것이 분명했지만 사실인지 아닌지 확인하고 싶은 마음은 없었다. 쓰러진 전신주에 말을 묶고 담요 두 장을 꺼내서 폈다. 말린 야마 한 조각을 씹고 머리를 전신주에 기댄 채 누워 눈을 조금 퍼 먹었다. 바람이 불자 얼음 같은 냉기가 사지를 파고들었다. 하지만 그래도 몸속은 아직 따뜻했다. 적어도 몇 시간 동안은 버틸 것이다. 잠이 들기 적전, 나는 물란제 산의 초록빛 고원에 있었다. 나는 맨발로 길게 자란 풀들 사이를 달렸다. 멀리서 날개 달린 뱀들이 나직하게 쉭쉭거리는 듯한 소리가 들려왔다. 나는 눈을 떴다. 들판 건너편 마을에서, 불빛이 하나 깜박이고 있었다.

나는 아주 천천히 움직였다. 작은 칼로 오른손 장갑의

집게손가락 부분을 잘라낸 후 만리허를 찾아 들었다. 말
은 움직이지 않았다. 누군가 등불을 들고 마을을 가로질
러 지나가는 것 같았다. 독일 빨치산이거나 아니면 농부
일 것이다. 그림자가 둘, 아니 셋이었다. 나는 소리 하나
라도 놓치지 않기 위해 숨도 쉬지 않았다. 아이의 울음소
리, 남자 두 사람, 그리고 나무 막대기가 서로 부딪히는
소리, 둔한 비명소리, 침묵, 뭔가 무거운 것을 질질 끄는
소리, 등불이 이리저리 흔들렸다. 그리고 등불과 그림자
들은 어느 집 안으로 사라졌다. 잠시 후 집 안의 창문 하
나에 환하게 불이 밝혀졌다.

　　나는 아주 조심하며 전신주에 기댄 채 힘들게 몸을 일
으키고 들판 너머를 응시했다. 카빈총을 손에 쥐고 장갑
에서 빠져 나온 집게손가락을 방아쇠에 댄 채로, 한 걸음
한 걸음 나는 경작지 위로 발을 내디뎠다. 노란 불빛과 그
아래서 춤추듯 움직이는 그림자들에서 단 한 번도 시선을
떼지 않고서. 마을까지 절반쯤 다가갔을 때 나는 발 한가
운데서 우뚝 걸음을 멈추었다. 내 오른쪽 장화 밑에서 뭔
가 금속성의 딸각거리는 소리가 들렸기 때문이다. 나는
눈을 감았다. 귀 뒤로 한 줄기 식은땀이 목덜미를 향해 흘
러내렸다. 지뢰였다. 나는 지뢰밭으로 들어온 것이다. 갑

자기 방광이 텅 비는 느낌이었다. 오줌이 다리를 타고 흘러내려서는 안 된다. 예전에도 나는 이런 지역에 들어선 적이 있었다. 스위스령 잘츠부르크에서 도약형 지뢰의 위력을 실제로 목격했다. 어쩌면 내가 밟고 선 것은 가스 지뢰의 뇌관일 수도 있다. 포스젠 지뢰, 혹은 벤질성-환각 지뢰일 가능성도 있고 그야말로 단순히 압력으로 점화되는, 몸통으로부터 다리를 떼어놓는 것이 목적인 지뢰일 수도 있다. 나는 움직일 수 없었다. 그것이 내가 이 시점에서 할 수 있는 유일한 행동이었다. 만약 여기서 두번째 딸각거림이 울린다면 내 귀는 그것을 듣지 못할 것이다. 한밤중에 이렇게 선 채로 얼마나 버틸 수 있을까?

밭 건너편의 창문은 여전히 불이 밝혀진 채였다. 나는 미친 듯이 고함을 치고 싶은 욕구를 안간힘을 다해 억눌렀다. 내 다리는 덜덜 떨리기 시작했다. 몸속에서부터 희미하게 시작된 떨림은 점점 더 강도가 심해지는 중이었다. 나는 손으로 허벅지를 꽉 붙들어야만 했다. 손에 닿는 살의 감촉이 마치 고무처럼 느껴졌다. 발 밑에서 지뢰가 맥박치고 있었다. 신은 없다. 우리는 전쟁 중에 태어났고, 전쟁 중에 죽을 것이다.

당신은 뭐든지 다 믿었느냐고, 파브르는 내게 물었다. 산과 새들. 지금이야말로 죽음의 순간이었다. 죽음은 오래 걸렸다. 이 순간을 위해서 나는 세상에 온 것이다. 그냥 움직여버려. 움직이면 안 돼. 엑스 니힐로,* 므와나. 나는 목청이 허락하는 한 최대로 커다랗게 고함을 질렀다.

집 안에서 하던 일을 끝낸 남자들이 바깥으로 걸어 나왔다. 램프의 불빛이 내 얼굴로 쏟아졌다. 대강 30여 미터 정도 떨어져 있는 그들은 두 명인데 무장을 하고 있었다. 폭이 넓은 검은 외투를 뒤집어쓴 그들은 독일 빨치산이었다. 한 명은 외투 위 어깨 부분에 개가죽을 걸쳤는데, 가죽에 딸린 개의 머리를 자신의 머리에 얹어놓았다. 그는 입에서 뭔가 연하고 거무튀튀한 물질을 눈 위로 뱉어냈다. 나는 카빈총을 앞으로 겨냥했다. 그건 특별한 의도라기보다는 반사적인 행동이었다. 총격 뒤에 올 반동이 두려웠으므로 방아쇠를 당길 수는 없었다.

"이런 세상에, 저것 좀 봐라, 깜둥이 새끼잖아!"
"안녕하쇼! 그런데 총은 왜 안 쏘는 거야? 당겨, 당겨

* Ex nihilo: '무(無)로부터'라는 뜻의 라틴어.

보라고!"

"깜둥이가 지뢰밭 한가운데 서 있는 게 안 보여? 보나 마나 지뢰를 밟고 있구만. 우리 총알 아끼라고 말이야."

"자기편 스위스제 지뢰 위에 꼼짝없이 발목 잡혔구나!" 하고 그는 낄낄 웃었다. "들어봐라, 이 깜둥이 놈아. 우린 지금 막 집 안에서 스위스 여자애 하나를 해치우고 오는 길이야. 완전히 끝장날 때까지 박아줬다고. 구멍이 우리 둘에게는 너무 좁더군. 그애는 지금은 죽었어. 내가 이빨로 깨물어 죽였거든." 그는 다시 웃으면서 램프의 불빛을 자신에게 돌렸다. 그러자 문신을 한 얼굴이 환하게 드러났다. 그의 입 주변은 피로 범벅이 되어 있었다. "계속 그러고 있어라, 깜둥아. 언젠가는 피곤해지겠지. 배도 고프고 목도 마르고 말이야. 그러면 끝나는 거야. 붐!"

문신을 한 남자는 옷소매로 입을 슥 문지르더니 다시 침을 뱉었다. 그리고 두 독일인은 커다랗게 웃으면서 눈 위를 엉거주춤 걸어 집으로 향했다. 나는 만리허를 들어 손잡이를 뺨에 단단히 댔다. 그들이 들고 가는 램프는 정확히 그 둘의 중간 지점에 있었다. 나는 그들의 등을 겨냥하고 빠른 속도로 연달아 다섯 발을 쐈다. 램프가 공중으로 날더니 바닥에 떨어지며 유리가 깨졌다. 두 남자의 몸은 소리 없이 눈 위로 쓰러졌다. 총소리는 금속성의 메아리가 되어 밤의 정적 속으로 멀리멀리 퍼져 나갔다. 내 다리는 더 이상 떨리지 않았다. 지뢰도 터지지 않았다. 이제는 아무래도 전혀 상관없다는 마음이었다. 램프의 불꽃이 피식 소리와 함께 꺼졌다. 이제 눈 위에 쓰러진 두 남자는 검은 윤곽으로만 보였다. 장화 아래서 뜨끈한 열기가 느껴졌다. 전쟁. 나는 잠들면 안 된다. 그러면 나도 저들처럼 될 터였다.

나는 꼼짝 않고 서 있었다. 그동안 나는 아프리카에 있었다. 30분 정도 후, 내 뒤에서 바스락거리는 소리가 들리며 희미한 등불이 보였다.

"어째서 내가 치체와 말을 할 줄 아는지, 나리는 그걸 묻지 않더군요."

나는 아주 조심해서 몸을 돌려 뒤를 보았다. 난쟁이 우리엘이었다. 내 뒤를 밟아온 그는 쓰러진 전신주 곁에 서 있었다. 내게서 30미터 떨어진 곳, 그는 내 말을 손으로 쓰다듬으며 미소 지었다.

"우리엘."

"그래요, 우리엘*이에요. 이렇게 우리는 다시 만나는군요. 성경에 나온 대로 말이죠" 하고 말하며 그는 킥킥 웃었다.

"그렇군."

"아무래도 지뢰를 밟고 있는 모양이죠, 꼼짝도 못하는 걸 보니. 움직이면 안 돼요. 하지만 우리엘은 나리를 도와 드릴 겁니다. 비록 나리가 난쟁이 우리엘을 흠씬 두들겨 팼지만 말이에요. 난 그래도……"

"난 네가 지껄이는 성경 따위는 믿지 않아."

"그래도 우리엘은 나리를 도와드립니다. 이쪽을 보세요."

우리엘은 램프 불빛을 땅바닥 가까이로 내린 채 천천히 한 걸음씩 떼어 밭으로 들어오고 있었다. 정확하게 내 발 자국 위를 디디면서.

"아주 조심해야 하니까요." 그는 다시 한 번 더 키득거 렸다.

"그만둬. 떨어져 있으라고."

"총소리를 들었거든요. 그래서 나리가 어디 있는지 알 게 된 거죠. 가만히 계세요. 우리엘이 나리에게 갈 테니 까. 겁낼 필요도 없고요."

---

* 우리엘은 성서에 나오는 대천사의 이름이다.

그는 한 걸음 한 걸음 내게 다가왔다. 저러다가는 아차 하는 순간 지뢰를 밟아 터뜨릴 것이다. 그러면 수천 분의 1초 만에 포스젠 가스가 자욱하게 퍼지겠지. 우리가 숨을 들이켜는 순간 뇌 속의 전자적 질서가 몽땅 붕괴하면서 기능이 정지해버릴 것이다. 나는 삶에 필사적으로 매달렸다. 나는 죽고 싶지 않았다. 파브르는 그곳에 있었다, 힌두스탄, 파브르가 말한 브라친스키와 그의 사토리, 그 상태, 지금 현재, 새로운 언어, 전쟁, 끔찍한 삶, 나는 죽고 싶지 않았다, 적어도 지금은 아니었다, 30분 정도 더 지나면 혹시 모르지만, 지금은 절대 그러고 싶지 않았다.

지뢰를 밟기 일보 직전의 내 발자국까지 되짚어 온 우리엘은 그 자리에 멈추어 섰다. 그리고 미소 짓는 얼굴로 내 허리를 감싸 안았다.

"이렇게 만났네요." 그는 숨을 푹 내쉬었다.

"우리엘, 떨어져."

"나리가 아무리 그래도 소용없어요. 나는 벌써 여기에 있으니까. 나리가 저 사람들을 죽였죠. 그래서 뭐가 달라지던가요?" 그는 다시금 흥얼거리며 콧노래를 부르기 시작했다. 램프를 눈 위에 세우고 외투 아래서 널찍한 금속판을 하나 꺼냈다. 책 표지만 한 금속판이었다. 그의 옷자

락에는 아직도 수프 튄 자국이 역력했고 내가 냄비로 후려
친 이마의 그 자리에는 혹이랑 얼어붙은 핏덩어리가 그대
로 남아 있었다.

"차라리 눈에 띄지 않게 그냥 가만히 있었던 편이 더
나았을 텐데 말이죠. 움직이지 말아요, 나리. 내가 나리의
발 아래로 이 판을 밀어 넣을게요. 뒷걸음치지도 말고 절
대로 발을 들면 안 돼요. 알겠죠?" 그는 조그만 검은 눈으
로 나를 바라보며 진지한 목소리로 말했다. "내 말을 알아
들었으면 그렇다고 대답을 하세요."

"우리엘……"

"말하기 힘들면 귓속말로라도 대답하세요."

"…… 알아들었어."

그는 몸을 수그리고는 뾰쪽한 앞니 사이로 혓바닥을 쑤
욱 내민 채, 금속판을 눈 속에 묻힌 지뢰와 내 장화 사이
로 천천히 밀어 넣었다. 나는 발뒤꿈치를 조금 들어 체중
을 발 앞부분에 쏠리게 하고 있었는데, 우리엘이 그 사이
자신의 발을 금속판 위의 내 발 아래로, 눈치채기 힘들 정
도로 살짝 밀어 넣는 것이 느껴졌다. 그렇게 자신의 체중
을 금속판 위로 다 옮기고는, 여전히 콧노래를 나직하게

흥얼거리며 두 팔로는 내 허리를 잡은 채로 내 몸을 옆으로 미는 것이었다. 나는 저항할 수 없었다. 어느새 나는 자유로운 상태로 눈 위에 서 있게 되었고, 그는 지뢰 위에 있었다.

"내 발자국 위를 밟고 말 있는 곳으로 가세요." 우리엘은 그 자리에 쪼그리고 앉아 겉옷을 조그만 몸 위로 뒤집어쓰며 말했다. "얼른 가세요, 나리."
"왜 이런 짓을 한 거지?"
"우리엘은 다 알고 있어요! 나리만 모르는 거죠! 난 나리의 언어로 적힌 성경책에서 다 읽어서 알고 있거든요! 남쪽에서 온 남자를, 수년 동안요. 그러면 확실한 거예요. 그걸 읽으면서 난 치체와어를 배웠답니다. 나리는 어서 가서 그 사람을 찾으세요. 호흡으로 말하는 살인자요. 나를 측은하게 여겨줘요. 내 머릿속에는 치체와 말이 울린답니다. 그래서 난 겁이 안 나요. 얼른 가세요."
"왜 그러는 거야, 우리엘?"
"종소리가 들리지 않나요?"
"안 들리는데."
"너무나 아름다워요."

더 이상 대화를 나누는 것은 무의미했다. 내 몸은 오직 내 몸일 뿐이었다. 내 몸은 지뢰 위에 서 있거나 아니면, 걸어서 말 있는 곳으로 가거나 둘 중의 하나를 선택할 수 있을 뿐이다. 이제 우리엘은 어둠 속에서 치체와어로 혼잣말을 노래처럼 웅얼거리기 시작했다. 그의 웅얼거림은 밭 위로 조용히 울려 퍼졌다. "마리아 오제라 아마지 아물룬구 무티펨페레레 이페, 초파노 은디 파 은타위 소사타, 아멘."

동쪽 지평선에서 날이 흐릿하게 밝아왔다. 아마도 6시는 되었으리라. 잔뜩 지친 몸으로 나는 말 잔등에 올라, 주저하듯 조금씩 밝아오는 하루를 마주하며 요새가 있는 산악지대를 향해서 나아갔다. 내 뒤쪽 멀리서 둔중한 폭발음이 들렸다. 말이 귀를 쫑긋 세우더니 멈추어 섰다. 하지만 들려오는 건 고요하게 눈 덮인 언덕을 타고 내려오는 으스스한 메아리뿐이었다.

VIII

　드디어 눈앞에 기다란 산자락들이 모습을 나타냈다. 슈
레크호른 봉우리는 구름에 가려 있었고 멀리 뒤편에 자리
한 레닌 봉을 비롯하여 요새가 자리한 산등성이들은 아직
보이지 않았다. 나는 산맥의 앞쪽에 뻗어 있는, 수십 베르
스타 길이의 긴 계곡길을 달려 정오 무렵에 초라한 마을
마이링겐에 도착했다. 군인들 몇 명이 공장 건물 옆에 서
있었다. 공장의 몸체와 천장에는 커다란 구멍이 입을 벌
리고 있었다. 군인들은 마을 입구에 모래주머니를 쌓아놓
고 검문소를 차렸다. 간혹가다가 태양이 구름 사이로 모
습을 내밀었다.

여기서 아주 가까운 곳, 이곳과 거의 흡사한 한 마을에서 예전에 레닌 동지와 그림, 그리고 트로츠키가 만나서 비밀 회담을 가진 적이 있다. 공산주의 혁명과 SSR의 건립을 위한 회담이었다. 그 마을은 잔인무도한 급진주의로 무장한 독일군과 독일군의 화기로 완전히 초토화되어버렸다. 그 누구도 역사를 기억하지 못하게, 우리의 신화를 조금이라도 연상시키는 것이라면 돌멩이 하나, 나무 한 그루도 남아 있어서는 안 되므로.

나를 발견한 군인들은 겁에 질린 모습으로 엉거주춤하게 기관총의 총구를 들어 나를 겨냥했다. 성실하고 단순해 보이는 그들은 정치적인 교육을 받았거나 이념적 확신이 있어서가 아니라, 오직 마이링겐 마을을 독일군 빨치산의 공격으로부터 지키겠다는 일념으로 총을 든 남자들이었다. 나는 무기 없이 빈손으로 말에서 내려 두 손을 들어 보이며 뤼틀리식 인사를 했다. 내 군복을 알아본 그들이 맥심 기관총의 총구를 내렸다.

그들은 수통에 든 음베게 술을 돌렸다. 내가 별로 문제 삼는 것 같지 않자 그들 중 한 명이 내게도 수통을 건넸고, 나는 한 모금을 마셨다. 그러자 그들은 내가 온 것을 기뻐하기라도 하는 눈치였다. 나 다음으로 수통을 받아든 군인이 입을 대기 전에 옷소매로 수통 입구를 닦아내기는 했지만 나는 신경 쓰지 않았다. 그런 행동은 특별한 의도에 의해서라기보다는 단순히 반사적인 것임을 알고 있었으니까. 잘 모르기 때문에, 무식함으로 인한 반사적 행동. 그들은 허벅지를 두드리며 점잖지 못한 농담을 주고받았다. 비록 지금 미소 띤 얼굴로 말 곁에 서 있는 저 고급 장교의 피부색이 자신들과 다르긴 하지만, 어쨌든 그는 스위스 편이니 안심이 된다는 기색이었다. 그들은 내게 알려주었다. 자신들이 지키고 있는 이 공장 건물은 독일 군의 폭격으로 부서지기 전까지는 엔진 부속품을 만들던 곳이라고. 공장이 이 모양이 되었으므로 이제 마이링겐에는 아무것도 남지 않았다고. 엔지니어들은 모두 근처에 있는 요새로 달아났고 노동자들도 사방팔방으로 흩어졌다. 군인 한 명이 수줍은 태도로 다가와 나에게 파피로시 담배를 권했다. 나는 감사의 표시와 함께 담뱃갑에서 한 개비를 꺼내 들었다. 그러고는 뜨거운 연기를 허겁지겁 폐 깊숙한 곳까지 빨아들였다.

나는 아래 협곡으로 가는 길을 물었다. 그러자 군인들 중 가장 나이가 많은 남자가 내 팔을 잡았다. 그는 노인이라고 해야 할 만큼 나이가 들었는데 여러 군데 얼룩이 진 군복 외투에 머리에는 챙 없이 납작한 모자를 썼고, 모자에 연결된 거친 모직 천을 턱 아래에 동여맨 차림새였다. 그의 얼굴에는 유탄 파편으로 생긴 보기 흉한 U자 모양의 흉터가 관자놀이에서 콧망울까지 나 있었다. 오래전에 공사가 중단되었으며 언제 완공될지 아무도 알지 못하는 마이링겐의 도로들을 건너 우리는 마을 가장자리까지 왔고, 눈앞의 경작지들을 보고 내가 반사적으로 움찔하자 그는 내 손을 가볍게 잡아 안심시켰다. 여기에 지뢰는 없다는 뜻이었다. 우리는 밭을 가로질러 오른쪽으로 꺾어진 후 가파른 산길을 올라갔다. 숨을 헉헉거리며 힘들게 15분쯤 오르고 나자 조그맣고 편평한 바위가 나타났다. 우리는 말없이 나란히 서서 얼어붙은 폭포 줄기를 내려다보았다. 허공 어디선가 존데가 날아다니는 것을 보았다는 생각이 든 찰나, 늙은 군인은 무릎을 꿇고 앉더니 주머니에서 휴대용 면도날을 꺼내 희끗희끗하게 수염이 올라온 자신의 목과 뺨을 밀기 시작했다.

"이봐요, 젊은이, 여기는 라이헨바흐 폭포라오" 하고 늙은 군인은 두 손가락으로 코끝을 잡고 가장 난해한 부위인 콧구멍과 윗입술 사이를 조심스레 면도하면서 엄숙한 목소리로 말했다. "우리는 여기서 꼼짝 않고 사는 거야. 므와나 몇 명과 나 말이오. 그들은 술에 취했을 때 빼고는 독일군이 무서워서 오줌을 지릴 지경이지. 당신은 어떤가, 당신도 겁나서 오줌 싼 게 맞지?" 그는 면도날을 든 손으로 내 바지의 오줌 자국을 가리켰다.

"맞습니다. 지뢰가 터져 죽을까 봐 겁이 났지요."

"난 이제 아무것도 겁나지 않아. 예전에는 읽을 줄도 알았는데 지금은 다 잊어버렸지. 전쟁 때문에 사람들이 모두 정신적 불구자가 되어버렸어. 알고 있나? 나같이 늙은 사람도 평화시절을 살아본 적이 없으니. 갓난아기 때부터 늘 전쟁이었어. 이번 여름이면 일흔여섯 살인데도. 우리 이후로는 아무것도 없을 거야. 아니면 그냥 이런 식으로 계속 가던가."

"이제 그만 내려가도록 하죠."

"용서하게, 내가 이런 헛소리를 해서. 당신이 고급 장교라는 건 나도 알아, 하지만 당신은 흑인이니까……"

"괜찮습니다. 그만 내려가요."

그는 면도날을 느릿느릿 조심스레 접어 다시 주머니에 넣고 가볍게 한숨을 쉬며 일어섰다. 그러고는 좀 수줍은 태도로 알록달록한 유리구슬을 몇 개 꺼내 보여주었다. 어

린 시절부터 늘 품에 지니고 다닌 물건이라면서. 그리고
그는 눈물을 흘리며 울었다. 소금기 있는 눈물이 그가 방
금 면도를 마친 부위를 자극하는 바람에 뺨에 뻘건 자국이
길쭉하게 드러났다. 그는 떨었다. 온몸을 심하게 부들부
들 떨었으므로 나는 그가 혹시 발을 헛디뎌 폭포로 떨어질
까 염려된 나머지 그의 팔을 붙들어야만 했다. 한 팔로 그
를 잡은 채, 나는 얼음으로 덮인 바윗길을 다시 내려와 마
을로 향했다. 들개가 되어버린 양치기개 한 마리가 한동
안 우리 뒤를 따라오면서 사납게 짖어댔지만, 밭 가운데
쓰러진 상처 입은 새를 발견하고는 화살처럼 빠른 속도로
달려가 피투성이 수확물을 갈기갈기 찢어발겼다. 모래주
머니 뒤편에서 그 광경을 지켜보던 적위군 군인들이 짐승
처럼 큰 소리로 탄성과 환호를 질러댔다. 늙은 군인은 눈
물을 보이지 않으려고 소매로 얼굴을 닦아낸 다음 그들을
향해 갔다.

  마이링겐을 지나 두 베르스타를 가니, 슈레크호른 암
벽 아래쪽 협곡에서 아레 강이 시작되는 지점에 요새로 들
어가는 입구가 나왔다. 스위스의 십자 표시가 조그맣게
그려진 콘크리트 기둥 두 개가 지하로 내려가는 길목을 가
리키고 있었다. 그곳의 아래 협곡은 폭이 기껏해야 육칠

미터에 불과한 지점들이 많아, 마치 도끼로 산을 쪼개놓은 듯이 보였다. 폭포들은 얼어붙었지만 잔 물방울이 계곡 아래로 뚝뚝 떨어지고 있었으며, 얼음으로 뒤덮인 계곡의 암벽은 푸른색과 녹색으로 빛났다. 나무줄기, 잔가지들, 바윗덩이들이 계곡 밖으로 빠져나가기는 강바닥을 뒤덮고 있었다. 시뻘겋게 녹슬고 군데군데 눈으로 덮인 철제 지주들이 계곡 여기저기를 가로지르며 설치된 것이 보였다. 이곳은 탱크가 진입할 수 없을 뿐만 아니라 심지어는 말을 타고 들어오는 것도 불가능한 듯했다. 나는 안장을 그대로 둔 채 말을 계곡 입구에 세워두었다. 말은 배가 고픈지 코를 땅바닥에 대고 이끼를 찾아 돌아다녔다.

협곡 암벽에 눈에 잘 뜨이지 않게 콘크리트로 시공된 조그만 칸막이 공간이 입구의 위병소 역할을 하고 있었다. 내가 있는 아래쪽에서는 거의 보이지 않지만, 수평으로 갈라진 조그만 틈새가 나 있는 벽 뒤에는 군인이 한 사람 들어 있었다. 맨눈으로는 그 작은 벙커에 사람이 있는지 없는지 판별할 수 없지만, 이곳에 들어서는 사람은 누구나 자신이 관찰당하고 있다는 강한 느낌에서 벗어날 수 없다. 나는 강 옆의 쓰러진 나무 위에 신중하게 자리를 잡고 앉아 천천히 말린 고기 조각을 씹고 눈도 조금 퍼 먹었다.

벙커 속에 있는 보초병이 군복을 보고 내 신분을 확인할 수 있도록. 만리허 총은 일부러 몇 미터 떨어진 눈 더미 위에 잘 보이도록 놓았다. 정치국 소속 장교가 미리 연락도 없이 이렇게 불쑥 나타나는 것은 이곳 남쪽에서는 거의 없는 일이긴 하지만 독일 빨치산이라면 절대로 지금 같은 대낮에 이렇게 어슬렁거리며 요새 가까이에 다가오지는 않으리라. 그래도 나는 확실하게 해두고 싶었다. 내가 나타나면 쏘아버리라는 명령을 브라친스키가 내려두었을지도 모르는 일이니까.

저 위쪽, 슈레크호른 봉우리로부터 계곡을 향해 이어지는 산줄기에는 불쑥 튀어나온 대포의 포신들이 회색빛 하늘을 겨냥하고 있었다. 산 중턱 암벽 가장자리에는 겨우 한 사람만이 지나다닐 수 있게 폭이 좁은 길이 나 있었다. 그에 비해서 강 주변의 통로는 비교적 널찍했으므로 산 아래로 접근하는 것은 어렵지 않았다. 나는 한 걸음 한 걸음 산을 향해서 다가갔다. 경외심과 함께 살짝 두려운 마음도 가지고서. 수년 동안 장교로 복무했지만 지금처럼 벅차고 엄숙한 순간은 거의 경험하지 못했다. 계곡에는 그 어떤 살아 있는 생물체의 움직임도 느껴지지 않았다. 단지 내 왼쪽에서 하얗게 흘러가는 물소리뿐이었다. 그밖에 나를 둘러싸고 있는 사물은 어쩌면 비어 있을지도 모르는 콘크리트 벙커, 그리고 내 머리 위에 버티고 있는 압도적인 규모의 거대한 암벽들, 흰 눈에 덮인 엄청난 무기물 덩이들의 무시무시한 중량이었다.

이곳, 눈에 띄지 않는 이 협곡에서부터 요새는 시작되었다. 세기적 건축물, 우리 존재의 핵심이자 정신적 토양이며 스위스 정신의 표현 그 자체인 요새. 나는 마침내 지하 터널로 들어서는 출입구인 것이 분명한 낡은 철문 바로 앞까지 올 수 있었다. 내가 도착하자 안에서 누군가 방문객을 확인하는 녹슨 개폐구를 옆으로 밀어 열었다. 그리고 잠시 후 문이 열렸다. 몇몇 적위군 병사들이 나를 향해 총구를 겨냥한 가운데 여자 하사관 한 명이 전신을 가리는 철판을 앞에 두른 채 내게 다가왔다. 나는 예전에 스위스령 잘츠부르크에서도 그런 보호용 철판을 본 적이 있지만 그다지 효과적인 장비라는 생각은 들지 않았다. 독일군 자살테러범이 독가스탄을 터뜨린다면 아무 소용 없지 않은가. 여 하사관은 잔뜩 경계하는 태도로 손을 내밀어 내 신분증을 요구했다.

나는 조심스럽게 신분증을 꺼내 그녀에게 내밀었다. 하

사관은 거기 적힌 글자와 뉴베른 소비에트의 인장을 확인한 후에야 보호용 철판을 내려놓았다. 동굴의 다른 군인들도 크게 안도의 숨을 내쉬더니 다시 부동자세를 취했다. 하사관은 메고 있는 가방에 손을 넣어 뭔가 젤리처럼 보이는 물건을 꺼내 그것으로 내 군복 앞 오른쪽을 몇 번 문질렀다.

"이건 뭡니까?"

"일종의 확인증 같은 거예요. 이 표시가 있으면 이 안에서 자유롭게 돌아다닐 수 있답니다. 요새에 온 것을 환영합니다, 지도원 동지."

"이 안은 어두침침하니 어차피 잘 보이지도 않을 텐데요" 하고 군인 한 명이 이죽거리듯 말했고 그러자 다른 군인이 푸홋 하며 웃음을 터뜨렸다.

"보드머 사병!" 하사관이 소리 질렀다. "당장 이리로 와!"

"네!"

"내 앞으로 오라고! 똑바로 서!" 여 하사관은 주먹을 쥐고 병사의 얼굴을 정면으로 후려쳤다. "독방에서 열흘 감금이다!"

"하지만……"

뒤로 나가떨어진 보드머의 코에서는 가느다란 핏줄기

가 흘러나왔다. 다른 군인들은 모두 얼음처럼 조용해졌다.

"독방에서 30일 감금!"

"죄송합니다, 지도원 동지. 사병들을 제대로 단속하지 못했으니 제 불찰입니다."

"그건 맞는 말 같군요."

"제발 용서하세요" 하고 하사관은 말했다. "제가 임무를 다하지 못했습니다."

"내 이 일을 꼭 상부에 보고하겠소."

"당연히 그러셔야죠, 지도원 동지."

실제로 그렇게 할 생각은 조금도 없었다. 하사관을 그 자리에 세워둔 채 나는 바위벽에 부착된 철제 사다리를 타고 올라갔다. 이렇게 나타난 두번째 동굴의 내부는 훨씬 더 따뜻했으며 벽에는 수많은 전기 램프가 달려 있었다. 암반 깊숙한 곳에 숨겨진 모터가 나직하고도 기분 좋은 소리를 내며 돌아가고 있었다. 계속해서 동굴을 따라가다 보니 어느 커다란 공간 안으로 들어서게 되었다. 높다란 궁형 천장은 높이가 아마도 25미터는 되는 것 같았는데, 가장 높은 꼭대기 지점까지 남김없이 조명이 밝혀져 있었다.

이곳은 주 동굴에 해당하는데, 여기서 출발하는 협궤

선로가 두 개의 터널 속으로 뻗어 있는 것이 보였다. 대피선 위에 서 있는 강철 무개 화차를 군인들이 주선으로 밀고 있었다. 지시를 내리는 고함 소리가 들리면, 재빨리 화차 위에 올라탄다. 그러면 화차가 움직이기 시작한다. 큰 소리로 말하고 있던 적위군 병사 한 명의 모자가 벗겨졌다. 다른 병사는 단순한 역압 브레이크 시스템을 사용해서 화차의 주행을 조절하는 중이었다. 화차는 커다란 주 동굴의 반대편 끝에 도달했나 싶더니, 곧 캄캄한 요새의 깊은 지하로 내려가고 있었다.

동굴 벽에는 스위스의 역사를 묘사한 사회주의 리얼리즘 양식의 부조가 조각되어 있었다. 합스부르크 가문과 부르군트 가문과의 전쟁을 시작으로, 뤼틀리 초원에서의 전설적인 농민 반란——SSR이 공식으로 받아들인 오래된 스위스식 인사법이 눈에 들어왔다. 팔을 높이 올리고 손가락 두 개와 엄지를 치켜세우는 것, 앞으로 전쟁을 위해 목숨을 바치겠노라는 맹세의 표시——그리고 이어진 짧은 시기, 굴복할 수밖에 없었던 강요된 바젤의 평화가 지나고 마침내 용병들에 의해 스위스 영토가 이탈리아의 밀라노까지 확장되는 행운의 시절이 도래했다. 개혁운동가 츠빙글리의 모습도 있었다. 그는 야비한 교회 조직을 폐지하기 위해 싸웠던 최초의 스위스인이었다. 나는 위대한 농민 지도자 니클라스 로이엔베르거의 얼굴도 알아볼 수 있었다. 우리는 아프리카에 있을 때부터 호전적인 그의 활동과 영웅적인 희생에 관해 군사 아카데미에서 상세하게 배웠다. 부조 조각들을 보고 있으니 어쩔 수 없이 어린 시절에 보았던 총고니 동굴의 추상적 그림들을 떠올리게 되었다. 신비스러울 만큼 아름답게 회호리치는 형태로 표현된 사물들, 내 조상들이 새겨놓은 아프리카의 음영. 이곳과 마찬가지로 그 동굴에서도 이름을 남기지 않은 예술가들이 흐릿한 빛에 의지하여 자신들이 목격한 세월을 기록해놓았다. 전쟁의 시대와 참혹의 시간들을.

IX

브라친스키 대령과의 첫 만남은 우연처럼 이루어졌다.
나는 그에게서 레몬 한 알을 선물 받았다. 내가 요새에 도
착한 첫날, 엄청난 규모의 독일군 공습이 있었다. 양철 메
가폰을 손에 든 젊은 공병대 여군 한 명이 신병들을 첫번
째 층의 대피갱도로 인솔하고 있었다. 나는 대부분이 한
참 새파란 나이의 군인들로 이루어진 그 그룹에 합류하여
함께 대피를 했다. 마치 땅속으로 끝없이 뻗어 나가는 나
무뿌리처럼 갱도의 벽을 뚫고 사방에서 튀어나와 있는 관
여기저기에서 연기가 솟아올랐다. 갱도 바닥은 기존의 원
근법상으로는 도저히 상상이 불가능해 보이는 기묘한 경
사와 각도로 이루어졌고, 우리 머리 위의 높다란 천장에

서는 물방울이 뚝뚝 떨어져 내렸다가 수증기가 되어 공중으로 올라간 다음 다시 떨어져 내리는 영원한 순환을 반복하면서 동굴 안에서만 형성이 가능한 특유의 기후환경을 만들어내고 있었다. 요새의 전체적인 모양은 무서울 정도로 살아 움직이는 유기체를 연상시키는 면이 있었다. 하지만 위로 올라가면 갈수록 모든 형태와 분위기는 기계적인 무기물 덩어리에 가까워졌다. 요새의 위쪽, 산 정상에 가까워지면 점차 갱도는 수직으로 곧아졌고 벽들과 천장은 점점 반듯하고 정확한 모양을 갖추어, 그 자신 위에 세워진 어떤 건축학적 의지를 충분히 알아볼 수 있었다. 실제로 요새 구축은 백여 년 전에 시작되었다. 최초의 단계는 바위산 속으로 단순한 모양의 갱도를 여러 개 뚫고 천장을 통나무로 받치는 작업이었다. 그다음에는 통나무가 철제 지지대로 교체되었고 갱도와 갱도를 연결하는 터널이 만들어졌다. 터널은 원래 존재하던 자연 동굴들을 서로 이어주는 역할도 했다. 그렇게 하여 수직과 수평의 갱도와 동굴들이 서로 그물처럼 연결되며 뻗어 나갔고, 이 그물망과 저 그물망이 다시 이어지기를 반복하면서 마침내 요새는 그 끝이 어디인지 정확히 알 수가 없을 정도가 되었다. 그리고 더욱 많은 인원과 물자를 운반하고 수용하기 위해서 기존의 동굴 공간을 지속적으로 넓히고 선로

와 포장도로를 깔았으며, 곳곳에 영국 대성당의 크기와 맞먹는 규모의 강당과 방 들을 만들었다. 요새의 확장은 지금도 여전히 진행 중이었다. 지하로 점점 더 깊이, 그리고 바위산 속에서 점점 더 위를 향해 산 정상으로 뻗어 나갔다.

우리는 승강기를 타고 갱도 아래로 깊이 내려갔다. 승강기는 마치 새장처럼 쇠줄에 매달려 천장과 연결되어 있었다. 전깃불이 밝혀진 중간 통로에서 내린 우리는 다른 승강기로 옮겨 탄 후 이번에는 다시 위로 올라갔다. 독일군의 포탄이 떨어지면서 산 전체가 요동을 쳤고, 승강기가 갑자기 멈추어 섰다. 우리는 녹슨 새집에 갇힌 카나리아처럼 허공에 대롱대롱 매달린 채 그대로 머물러 있어야 했다. 거의 한 시간 동안 내내 동굴 천장에서는 흙먼지가 자욱하게 쏟아져 내렸다. 겁에 질린 금발 군인 하나가 내 팔을 너무나 필사적으로 오랫동안 꼭 붙드는 바람에 내 검은 피부에 시퍼런 멍이 생길 정도였다. 우리의 발아래 벽에 설치된 관에서 압력을 이기지 못한 나사못들이 빠져나와 윙 소리와 함께 총알처럼 공중을 날아다녔다. 그 순간 요새 전체가 이대로 몽땅 무너져 내리고, 우리 모두는 거대한 산맥 속에 영원히 매장되어버릴 거라는 생각이 들었다. 하지만 폭격의 충격은 얼마 후 사라졌고, 다음번 포탄이 요란한 폭음을 울리며 산을 뒤흔들어놓기 전까지는 아무 일도 일어나지 않은 채로 고요했다.

젊은 공병대 여군은 메가폰에 대고 말했다. 침착하게 마음을 단단히 먹기만 하면 된다. 지금 독일군은 그르노블 전선에서도 사용했던 것이 분명한 52구경 크루프 열차포로 공격하는 중이고, 동시에 요새 주변에 포진한 스위스군의 강력한 대공 방어포를 뚫고 침입한 전투기에서도 천 킬로그램짜리 포탄을 투하하고 있다는 것이다. 하지만 요새는 안전할 것이다, 하고 여군은 말했다. 이미 수십 년 전부터 요새의 피난 시설은 암반 아래 충분한 깊이를 확보했다고. 자욱하게 이는 먼지 때문에 우리 모두는 미친 듯이 기침을 해야 했다. 다시 한 번 더 전신이 흔들리는 충격이 왔다. 금발 군인은 놀라서 비명을 질렀다. 철제 새장이 다시 움직이면서 위로 올라가기 시작했다. 50미터, 100미터, 150미터, 200미터. 그리고 마침내 승강기의 문이 열렸다. 승강기 앞에는 한 남자가 서 있었다. 브라친스키였다. 나는 그를 한눈에 알아볼 수 있었다.

그는 알이 조그만 둥근 테 안경을 썼고 평범한 밝은 갈

색의 군의관 제복 차림이었다. 머리는 짧게 잘랐다. 그의
가장 큰 특징은 바로 비정상적일 정도로 눈에 띄지 않는다
는 점이었다. 그는 예외적일 만큼 평범해 보였다. 만약 군
중 속에 섞여 있다면 그 누구도 그를 눈여겨보지 않으리
라. 그는 들고 있는 종이봉투에서 레몬을 꺼내, 승강기에
서 내리는 우리 모두에게 미소 띤 얼굴로 한 알씩 건네주
었다.

　"받으세요, 동지들. 받아 넣으세요. 이렇게 먹음직한
레몬은 한 번도 본 일이 없을 겁니다. 그렇죠? 한 사람에
한 알씩 가지세요."

　폭격은 시작할 때와 마찬가지로 끝나는 것도 갑작스러
웠다. 브라친스키는 고개를 살짝 옆으로 숙였다. 우리는
아무도 입을 열지 않았다. 젊은 여군은 수줍은 태도로 경
례를 했다. 내 곁에 있는 금발 군인은, 방금 전 걸어 나왔
던 승강기 안의 어둑한 그늘 속으로 다시 들어가 숨기라도
하고 싶은 눈치였다. 브라친스키는, 요즘 스위스에서 '시
월의 피부'라고 표현하는 강렬한 아우라를 발산하고 있었
다. 아마도 그 아우라의 힘을 실감하지 못하는 이는 이 중
에서는 나밖에 없는 듯했다. 하지만 자석처럼 사람을 끌

어당기는 그의 개성만큼은 나도 충분히 확인할 수 있었다. 그를 향해 한 발짝 앞으로 나선 나는 레몬을 가방 주머니에 넣은 후 리볼버를 손에 들었다.

"브라친스키 대령."

"오, 지도원 동지, 당신이군요." 하고 그가 말했다. "Ex Africa semper aliquid novi(아프리카에서는 항상 새로운 것이 오지요). 이리 오세요. 우리 할 얘기가 좀 있을 것 같군요."

"브라친스키, 당신을 체포하라는 명령을 받았습니다."

"나도 알아요, 알아. 그러니 잠깐 와보라니까요 지도원 동지." 그리고 그는 앞서서 통로를 내려갔다. 그러니 나도 그 뒤를 따르는 수밖에 다른 도리가 없었다. 천장의 전등이 금속 갓 속에서 심하게 흔들리며 덜그럭덜그럭 소리를 냈다. 하지만 브라친스키는 조금도 개의치 않았다.

"멈춰요. 이제 그만 가란 말입니다. 요새의 혁명위원회는 어디 있는 거죠? 이곳의 책임자는 누구입니까, 브라친스키?" 나는 리볼버로 그를 겨냥했다. "브라친스키, 그 자리에 서요. 나는 당신을 체포할 임무를 띤 뉴베른의 당 지도원이요. 스위스 최고 소비에트가 날 파견했단 말입니다."

"지도원 동지! 당장 그 총을 내려놓아요!" 승강기를 함께 타고 온 젊은 공병대 여군이 나를 따라왔던 것이다. 두 다리를 벌리고 선 그녀는 두 손으로 리볼버를 쥔 채 총구는 나를 향하고 있는데, 그 총구가 가리키는 위치는 대상이 되는 신체의 너무 높지 않은 곳, 즉 아주 모범적이게도 과녁의 정중앙을 겨냥하면서 집게손가락은 방아쇠에 걸친 자세였다. 정확하게 군사 아카데미에서 배운 그대로였다.

"공병대! C'est un commissaire! Laissez tomber immédiatement! (그분은 지도원 동지야, 당장 무기를 내려 놓아요!)" 이렇게 말한 것은 그녀의 뒤를 따라온, 역시 승강기에 같이 있던 그 수줍음 많은 금발 병사였다. 로만디 출신인 그 젊은 병사는 자신의 리볼버를 공병 여군의 뒤통수에 대고 있었다. 그의 콧등에서 땀이 한 줄기 흘러내렸고, 그는 다른 한 손으로 땀을 닦아냈지만 리볼버를 들고 있는 손은 조금의 흔들림이나 떨림도 없이 침착하기만 했다. 소리 없이 바닥으로 떨어진 레몬이 구석을 향해 도르르 굴러갔다.

바로 이 순간, 우리 세 명의 스위스인과 한 명의 폴란드인인 브라친스키가 서로가 서로에게 총구를 겨누며 위협하는 우스꽝스럽고도 드라마틱한 희비극의 순간에, 나는 파브르가 말했던 새로운 언어라는 것을 처음으로 듣게 되었다. 나뿐 아니라 우리 모두가 그 언어가 말해지는 것을 보았다. 브라친스키가 입을 열자, 나는 엄청난 충격이 나에게 와서 충돌하는 것을 느꼈다. 그의 의지는 일단 내가 손에서 총을 떨어뜨리도록 만들었고, 그다음에는 공병 대원, 그리고 로만디 군인의 손에서도 무기가 힘없이 떨어졌다. 요란하게 덜그덕거리는 소리와 함께 리볼버들이 돌바닥에 부딪혔다. 그러자 브라친스키는 입을 다물었다.

"이제 지도원 동지가 묵을 방을 보여드리죠."

"브라친스키……"

"먼 길을 오셨으니 피곤할 겁니다. 그리고 다른 사람들은" 하고 그는 명령을 내렸다. "승강기를 타고 한 층 더 내려가도록. 거기 식당이 있으니까. 여긴 아무 문제가 없어. 갈 때 레몬을 잊지 말고!"

"대령, 너무 놀랍습니다." 그제야 나는 전신을 사로잡고 있던 음파의 충격에서 풀려나는 것을 느꼈다. 하지만 아직은 떨어진 권총을 주워들 생각은 하지 않았다. 브라친스키는 몸을 구부려 권총을 집어 들더니 손잡이를 앞으로 하여 나에게 건넸다.

"요새에는 혁명위원회가 없습니다." 브라친스키는 이렇게 말하며 나를 전깃불이 밝혀진 어느 통로로 안내했다. 통로 바닥에는 펠트 카펫이 깔렸고 벽에는 일정한 간격으로 가스 마스크 장비가 부착되어 있었다. "소비에트는 우리가 여기 위에서 뭘 하고 있는지 모릅니다. 그리고 솔직히 관심도 없고요."

"믿어지지 않는 얘기네요."

"하지만 사실이 그렇습니다."

"그저께 여기 도착하셨겠네요."

"어제 아침에 왔습니다. 그동안 난 이곳에 자주 왔어요. 뉴베른이 독일군 치하에 있을 때도 난 뮌스터 골목의 가게와 이곳 요새 사이를 계속 왔다 갔다 했으니까요."

"하지만 그게 뭐든 간에, 어떤 형태로든 지휘부가 있어야 할 것 아닙니까. 최고 책임자 말입니다."

"그렇죠, 맞아요. 예전에는 있었어요. 수년 전에요. 하지만 지금은 없습니다. 이곳의 상황을 잘 보면 아시겠지만 요새는 이제 스스로 자립하는 존재가 되었어요. 규모는 점점 커지고, 지금도 하루하루 계속 성장하는 중입니다. 요새의 모델은 바로 SSR 자체예요. 여기, 오른쪽으로 오세요." 우리는 모퉁이를 돌아 널찍한 옆 통로로 들어섰다. 갑자기 이런 생각이 퍼뜩 머리를 스쳤다. 브라친스키는 미쳤다.

"그러면 도대체 여기 요새는 어떤 곳이란 말입니까?"

"핵심이지요, 동지. 자치적인 또 하나의 스위스. 이 위쪽에서 우리는 더 이상 외부와의 전쟁을 치르고 있지 않습니다. 우리는 단지 요새를 방어할 뿐이지요. 맞아요, 그겁니다. 하지만 이 산 내부에서는 공사를 위해 끊임없이 폭파작업을 하는 거예요."

"그렇다면 그런 행위들은 무엇을 목적으로 하는 거지요? 누가 기계를 다룹니까? 누가 공사를 하고 누가 굴착작업을 한다는 거예요?"

"그야 당연히 기술자와 노동자, 기계공, 엔지니어 들이 하지요, 지도원 동지. 자신이 맡은 임무를 수행하는 겁니다. 자신의 자리에서 자신이 할 일을 능력껏 하고 있는 거예요."

"공산주의."

"그렇죠." 브라친스키는 고개를 끄덕이고는 안경을 벗었다. "공산주의가 맞습니다. 여기 이 방에서 지내면 됩니다." 그의 얼굴에 미소가 지나갔다. "그래서 내가 이곳을 '당신의 방'이라고 말하지 않는 거지요."

창문이 없는 검소한 방이었다. 문 맞은편의 벽에는 거울이 하나 붙어 있어서, 방 안으로 들어서는 우리의 윤곽을 액자처럼 담아서 비쳐주었다. 책상 하나, 의자 하나, 물이 든 항아리 하나, 야전침대, 그리고 침대 위쪽 벽에는 며칠 전 우리엘의 오두막에서 보았던 것과 같은 포스터가 걸려 있었다. 스위스 십자가가 그려진 미사일이 산 중턱에서 푸른 하늘을 배경으로 불쑥 튀어나와 있는 그림. 나는 군복 외투를 벗고 총과 가방도 벗어서 구석에 챙겨둔 다음 포스터를 가리켰다.

"저 미사일은 완공되었죠. 적극방어용 미사일 말입니다. 한 세기 동안이나 우리가 꿈꾸어왔던 평화를 드디어 실현해줄 무기로군요."

"아닙니다."

"아니라니, 무슨 소리인지 설명 좀 해봐요, 브라친스키. 사람을 바보로 만들지 말고."

"탁자 위에 동지를 위한 게임판이 있어요. 힌두스탄인들이 발명한 놀이인데 그들 말로 차투랑가라고 하지요. 내일이나 모레쯤 내가 그 놀이를 하는 법을 가르쳐드리지요. 시간은 많으니까요."

"차투랑가 게임은 나도 압니다."

"그러면 잘됐네요. 안녕히 주무세요, 지도원 동지." 브라친스키는 미소를 지어 보였다. 그리고 밖으로 나간 다음 문을 닫았다.

빳빳하게 풀을 먹인, 갓 세탁한 침대보가 덮인 침대 위에 옷을 입은 채로 엎드린 나는 매우 지쳐 있었기 때문에 그 상태 그대로 잠이 들었다. 시간이 흐를수록 내 몸은 점점 더 아래로 가라앉았다. 커다랗고 먼지가 자욱한, 환한 햇빛으로 가득한 광장이 있었다. 키 큰 풀들과 꽃이 활짝 핀 나무들이 울타리처럼 광장 주변을 둘러싸고 있었다. 무장한 3천 명의 훈련병들이 광장에 서서 목이 터져라 함성을 질렀다. 스위스 소비에트 공화국 만세! 나는 그중 한 명이었다. 나의 힘은 그들의 힘이었고, 내 생각은 다른 모든 이들의 생각과 함께 하나의 육신을 이루며 소용돌이쳤다. 누가 이런 장면을 연출할 생각을 했을까, 어떤 이의 머리에서 이 전쟁의 메커니즘이 처음 탄생했단 말인가?

아프리카의 태양, 태평양의 바다. 원시림 위로 존데가 떠다녔다. 바오바브나무 그늘 아래에는 암사자 한 마리가 잠들어 있다. 암사자는 배가 부르다. 존데는 그곳을 향해 날아갔다. 아래쪽 강가에서 몸을 씻고 있던 사람들이 동

작을 멈추었다. 사람들은 고개를 들어 하늘을 살폈다. 그
들은 은색으로 반짝이는 작은 구형의 비행물체를 발견하
자마자 몸을 앞으로 던져 진창 속으로 고개를 처박았다.
존데의 푸른 눈동자, 멈추지 않고 영원히 윙윙거리는 소
름 끼치는 눈동자로부터 자신들의 얼굴을 가리기 위하여.

　그들은 정녕 내 형제들이었을까? 독일제 총알이 그들
의 두개골을 수천 조각으로 박살내는 순간, 혹은 유탄이
폭발하며 그 압력으로 그들의 내장이 피투성이 벌레처럼,
누런 고름덩이 구더기처럼 뱃가죽을 찢고 튀어나오던 순
간, 그들은 내 핏줄 내 종족이었을까? 내가 항상 하듯이
그들을 가장 먼저 참호에서 밖으로 출동시키던 순간, 입
으로 호루라기를 불면서, 철조망 아래를 기어서, 엄호사
격이 빗발치는 바깥으로 올려보내던 순간, 언제나 그들을
최우선으로, 그리고 가장 나중에서야 백인들을 내보내던
순간, 그때 나는 무엇을 느꼈을까? 나는 어떤 느낌이었을
까? 밤마다 전선에 내버려진 부상자들의 고통에 찬 신음
소리, 비참하고 처절한 비명소리, 물에 빠져 죽어가는 익
사자들의 목구멍이 힘겹게 그르렁거리는 소리, 폐에 총상
을 입고 전선 중간지대에 쓰러져 나뒹구는 니안자족, 혹
은 소말리족, 혹은 와차가, 혹은 보라나, 혹은 루오, 혹은
하베샤, 키쿠유 족 병사들의 절망적인 외침소리를 들었던

자는, 그리고 구조를 호소하는 그들의 외침소리가 마침내 점차 사그라지면서 꺼져가는 것을 듣고 있었던 자는 내가 아니고 다른 사람이었단 말인가? 아프리카 출신 장교인 나는 이 모든 참혹함에, 아무도 쳐다보는 이가 없을 때면, 그냥 귀를 닫아버리고 말았던 것일까? 나는 단 한 번이라도 내 민족을 위해서 눈물 흘린 적이 있었던가? 아니 진정으로 그들이 내 형제라고 생각한 적이 한 번이라도 있었던가? 아, 눈꺼풀이 사라져버렸다. 이제 때가 된 것이다. 그때가 도래했다. 나는 눈을 감았다. 내가 간다, 밤부,* 물룽구,** 내가 간다.

---

   * Bambo: 체와어로 '아버지'라는 뜻이다.
 ** Mulungu: 체와어로 '신', '창조자'라는 뜻. 니암웨지 족의 최고 신이다.

X

의학을 전공한 브라친스키는 뉴베른에서와 마찬가지로 이곳 요새에서도 의사의 역할을 수행했으며 간단한 몇 가지 의학적 검사도 실시했다. 그러는 사이 어느덧 요새의 거주자들 사이에는 그가 기적의 치유사라는 소문이 퍼지기 시작했다. 병자들은 무조건 브라친스키에게 진찰을 받기를 원했고 산모들은 다른 의사가 아닌 브라친스키에게로 와서 므와나를 낳으려고 했다. 아무리 바쁘게 일해도 환자들의 요구를 다 들어줄 수가 없을 정도였다. 그는 종종 왕진을 갈 때 나를 데려가기도 했다. 그밖에도 말라위 출신의 조수 한 명이 항상 그를 따라다녔다. 이렇게 백인 한 명과 흑인 두 명으로 이루어진 우리 일행 셋이 함께 환자들을 방문했는데, 어떤 환자들은 마치 우리가 치유의 사절인 동시에 앞으로 다가올 죽음의 사자라도 되는 것처럼 공포의 비명을 지르기도 했다.

티치노 출신의 땅딸막하면서 체격이 건장한 대위 한 명이 그에게 실려 왔다. 내위의 몸에서는 심각한 악취가 풍겼다. 브라친스키는 대위의 눈을 관찰한 다음, 터널 내부의 나쁜 공기와 비위생적 환경으로 인한 전형적인 눈병이라고 진단을 내렸다. 일반 사병인 체와족 조수가 의료상자를 가져왔다. 브라친스키는 대위의 눈을 붕산수로 소독한 다음 몇 방울의 코카인을 떨어뜨리고 다시 연한 농도의 황산아연 용액을 넣었다. 그러자 몇 분 뒤 눈은 다시 맑아졌고, 대위는 감격에 겨워 눈물을 흘리기 시작했다. 약지의 마디로 눈물을 닦으면서 다른 한 손으로는, 마치 이탈리아인들이 감사의 인사를 할 때 그러는 것처럼, 브라친스키의 손을 붙잡아 자신의 가슴에 꼭 갖다 댔다. 브라친스키는 이러한 감사의 행위를 불편하게 느끼는 듯했지만 말라위 조수와 나는 매우 감동했다.

오랫동안 금 처방을 하면서 그로 인해 서서히, 하지만 지속적으로 몸에 독이 쌓여간 소위의 경우도 있었다. 소위는 수년 동안이나 스스로 금염 주사를 놓았는데, 어느 순간부터 그의 신체가 이것을 더 이상 충분히 분해할 수 없게 되었고, 배설도 한계에 이르렀다. 따라서 그의 눈동자와 피부에는 영국과 독일의 교회당 구리 천장이 습기에 찼을 때 생기는 현상처럼 비현실적인 녹색의 선이 그어지기 시작했다. 소위는 허리 부분이 잘록하게 들어간 밝은 회색빛 로덴천 군복 위에 왁스 처리가 되고 보기 좋은 체크무늬 안감을 덧댄 녹색 재킷을 걸쳤다. 소위는 통로 끝에 놓인 소파에 등을 기댄 자세로, 두 다리를 느슨하게 벌리고 발끝에는 모직 실내화를 걸친 채 심드렁하게 앉아 있었다. 그는 한눈에 척 보기에도 동성애자가 분명했다. 브라친스키는 처음에는 그를 건성으로 진찰하는 듯하다가, 갑자기 치밀한 집중력을 가지고 매우 꼼꼼히 살폈다. 조그만 망치로 그의 무릎을 두드려서 반사 신경이 얼마나 쇠퇴했는지를 보고, 손으로 소위의 축축한 이마를 가볍게 짚기도 했다. 하지만 그에게 모르핀 앰풀을 몇 개 건네주는 것 말고는 다른 아무런 처치도 해줄 수가 없었다. 소위는 며칠 이내에 금 과다복용으로 죽게 될 것이다.

브라친스키가 완전히 지쳐서 환자들을 더 이상은 도저히 살필 수 없게 된 다음에야 우리는 진료실을 떠났다. 브라친스키는 모종의 어떤 이유로 스스로를 벌하는 것일까,

아니면 그냥 이것이 그의 천성이기 때문인 걸까? 아니면 그는 지독한 이타주의자로, 모든 유기체의 건강 상태에 대해서 일단 의심을 품는 동시에 질병과 죽음의 수용을 인정하지 않는 회의주의자인 걸까? 나로서는 알 도리가 없었고, 그라는 인간을 판단할 수 없었다. 많은 경우 브라친스키는 마치 기계처럼 느껴졌다. 정교하고 놀라운 기계장치 말이다. 마치 스위스제 시계처럼.

브라친스키의 방에는 요새가 자리한 산 전체의 전경을 볼 수 있는 작은 창이 하나 있었다. 그리고 산악지대의 풍경을 심란하고도 무시무시한 색채로 그려놓은 수채화와 유화 10여 점이 벽 이곳저곳을 가득 채우고 있었다. 그림의 출처에 대해서 묻는 내 질문에 브라친스키는 대답하기를, 저 그림들은 모두 니콜라스 로에리히의 작품인데, 로에리히는 요새 안에 아틀리에를 갖고 있는 화가라고 했다. 브라친스키 자신은 로에리히가 사물을 표현하는 환상적인 시각을 사랑하며, 끝없이 펼쳐진 산의 풍경을 그려내는 로에리히의 해석 방식이야말로, 유감스럽게도 우리들 자신을 가두고 있는 폐쇄적인 막을 돌파할 수 있는 하나의 해법이라는 것이다. 그렇다면 로에리히라는 화가가 여기 이 요새에 있단 말인가? 당연하지, 원한다면 나에게 그를 소개시켜줄 수도 있다고 했다. 멀지 않은 곳에 화가의 작업실이 있다. 걸어서 가면 한 시간가량 걸리고 무개 화차를 타고 가면 10분이면 된다.

화가는 암벽을 뚫고 밖으로 돌출되게 만든 콘크리트 발코니 위에서 이젤을 마주한 채, 눈을 가늘게 뜨고 심각한 표정으로 막 그려놓은 작품을 살피는 중이었다. 그것은 웅장한 산맥 풍경을 녹색과 핑크색으로 그린 유화였다. 누런색 개가죽 털외투를 걸친 화가는 그림을 그리면서 색소가 든 각설탕을 씹었다. 손을 뻗으면 항상 집을 수 있도록 각설탕은 그의 팔레트 바로 곁에 조그만 피라미드 모양으로 쌓여 있었다.

"로에리히, 이 사람은 우리 군의 최고 장교일세." 브라친스키는 이렇게 말하며 내 몸을 슬쩍 앞으로 밀어냈다.
"지도원 동지, 이리 와서 우리의 자연이 어떤 색인지 한번 보시지요." 로에리히는 나를 향해서 눈짓으로 발코니의 석조 난간을 가리켰다. 난간에 기대서자 아래쪽 계곡과 함께 멀리 희미하게 가물거리는 붉은 보랏빛 지평선까지 한눈에 들어왔다. "보세요, 우리 스위스의 색채가 어떠한지! 여기요, 여기를 좀 봐요, 연한 장밋빛 만년설이 쌓인 곳 말입니다. 저 위쪽 능성이 바로 아래요. 보세요, 나의 스네구로치카!* 연한 장밋빛! 그리고 오렌지색, 오렌지와 검정. 사실 자연 상태에서는 결코 나타나지 않는 색이죠. 설사 지도원 동지라 할지라도 해당이 안 된단 말입니다. 동지의 피부색은 그냥 짙은 갈색에 불과해요. 존재하는 것은 짙은 갈색뿐이니까요. 이제 우리는 힌두스탄으로 가게 되겠죠, 평화의 사절이 되어서, 비밀 조약을 맺으러, 안 그런가요, 브라친스키?" 화가는 이빨 사이로 각설탕 조각을 밀어내면서 우아한 팔 동작으로 캔버스 위에서 붓을 움직였다. 위를 향해, 그리고 다시 비스듬히 옆으로 그어대자 밤처럼 짙은 푸른빛 그늘에 잠긴 높은 암벽이 나타났다. "이 그림은 브라친스키 당신에게 선물하죠. 이것뿐 아니라 내 그림 전부를 당신에게 선물하겠습니다."

"불 있습니까?" 브라친스키가 물었다. 나는 불이 붙은 성냥개비를 그의 파피로시 담배에 갖다 댔고, 그는 깊숙이 연기를 빨았다. "독일인들은 우리를 몰살시킬 겁니다. 지도원 동지와 나를 말입니다. 그리고 우리가 가치를 두고 있는 것들도 모두. 독일인들은 유대인을 원하지 않아

---

* Snegurotschka: 러시아의 동화 주인공으로 눈의 소녀를 뜻한다.

요. 흑인도 원하지 않기는 마찬가지고. 뿐만 아니라 독일인들은 광적인 예술가도 싫어합니다. 여기 있는 로에리히 같은 화가 말이죠."

"브라친스키! 지도원 동지에게 우리의 둠즈데이 기계를 보여주지 그래요! 우리가 승리할 수밖에 없는 확실한 이유잖아요. 그 기계가 얼마나 멋진데! 거기에 비하면 미사일은 시대에 뒤떨어진 낡은 유물일 뿐이지. 한마디로 예측 불가한 능력이 담긴 기계라니까."

"나중에, 나중에요. 로에리히는 화가이자 공예장인이지요. 그래서 이 산을 요새화하는 데도 많은 도움을 주었답니다. 고대 그리스인들이 테크네Techne 라고 불렀던 바로 그런 능력을 갖고 있는 사람이에요. 결실로 끄집어내어 보여주기, 이것은 장인들만이 가능한 일입니다. 로에리히의 그림들은 이런 의미로, 이런 방식으로 진실을 담고 있는 셈이에요. 그리스인들의 알레테이아,* 한국인들의 오(悟),** 힌두스탄의 사마디.*** 우리의 결실은 그

---

* Aletheia: 그리스 신화에서 '진리의 여신'의 이름. 철학용어로는 "사물의 은폐되지 않은 참모습"을 의미한다.
** 오(悟): 선불교에서 말하는 깨달음의 경지.
*** Samadhi: 산스크리트어로 "무언가에 몰두하여 주의를 기울이다"라는 뜻. 명상의 대상 속으로 전적으로 몰입하여 동요 없는 의식 상태를 가리킴. 삼매(三昧).

연장선상에 있으며, 우리는 그것을 무에서 유를 창조한다는 개념으로 이해하죠. 즉 실험에서 인식으로의 도달인 겁니다. 자연의 가공, 생산물의 창조, 이론의 설립, 새로운 사례와 아이디어의 수집, 이런 식으로요. 요새에는 다른 화가도 한 명 더 살고 있는데 서 위층에 사는 그는 발터 슈피스라고 하며……"

"슈피스는 아직 꼬맹이지." 로에리히는 색소 각설탕 한 조각을 베어 물면서 경멸의 코웃음을 쳤다. "그따위 작자 얘기는 할 필요도 없어요, 대령님. 먼 길을 오신 지도원 동지를 그런 풋내기 때문에 피곤하게 만들어서는 안 돼요. 그자는 물감을 그냥 쳐발라놓은 걸 그림이라고 한답니다. 모델의 허벅지에나 관심을 가지는 동성애자일뿐이에요."

"그는 이미 4년 전에 힌두스탄으로 여행을 했어요. 힌두스탄인이야 말로 독일에 맞서서 우리를 도와줄 수 있는 유일한 성향의 민족이라는 거지요. 구세주는 아시아에서 올 것이다. 이것이 슈피스의 생각이었어요. 그런데 아마 슈피스 자신도 러시아인이지, 로에리히, 안 그런가? 하지만 말하려던 요점은 그게 아니고, 이리 오세요, 지도원 동지, 안으로 들어가세요. 요새를 둘러보면서 산책이라도 한번 하시지요. 그러고 나서 오늘 저녁식사 때 우리 다시 뵙지요. 동지만 좋다면."

"그렇게 합시다, 동지."

"그래요, 우리 사이에선 그 말을 잊으면 안 돼죠, 서로 동지라고 부르는 것."

발코니를 떠난 나는 여러 개의 철문을 통과하면서 요새의 통로를 한참이나 걸어갔다. 동굴과 방, 작은 공간들이 끊임없이 나타났고, 다시 새로운 동굴과 방, 공간으로 이어지며 연결되었는데, 그런 작은 통로들은 대개 탑처럼 높다란 천장을 가진 홀을 향해서 뻗어 있는 것이 보통이었다. 한 시간 가량 걸으면서 나는 조금 전 있었던 기이한 대화를 다시 생각해보았지만 특별한 결론을 내릴 수가 없었다. 단지 분명한 것은, 이 위쪽 요새 상층부는 어쩐지 끝장이 난 듯하다는 생각이었다. 모든 정신을 좀먹는 압도적인 퇴폐에 점령당해 있으며, 이 요새 자체가 바로 데카당의 선언이다. 요새는 수십 년 동안 자생적으로 존속하면서 스스로 무정부주의의 현신이 되어버린 것 같았다. 그 무엇에 의해서도 더 이상 정복되지 않는 존재이므로.

스위스 군인들은 묵직하게 주름이 잡힌 다마스크 천으로 숙소를 장식해놓았다. 수십 개나 되는 기계실은 텅 비어 있거나 아니면 장교들이 동물 표본을 전시하는 대형 전시실로 바뀌어 있었다. 박제한 여우를 비롯하여 수백 종의 곤충 표본과 함께 전투에서 노획한 독일과 영국의 각종 깃발, 얼룩덜룩하게 낙서를 한 그리스의 성화, 창과 칼날이 함께 달린 고대 무기, 전장포(前裝砲), 이미 수년 전에 굶어 죽어버린——하지만 알 수 없는 어떤 환경의 영향으로 인하여 안에서 그대로 미라가 되어버린——아프리카 새가 들어 있는 새장, 짙은 청록빛 비단을 댄 의자, 휘장, 공작새의 깃털, 말린 꽃, 2절판 크기의 대형 인쇄물, 가죽 안장, 나무 하나를 통째로 파서 만들고 원색으로 흉하게 칠한 조각상들, 그리고 우상들. 어떤 방에는 온통 아멕시칸산 천과 이불, 케이프 등이 걸려 있기도 했다. 그리고 천장에는 크리스털 샹들리에나 한국산 종이 등이 매달려 있었다. 왁스에 구운 음성문헌이 수천 개나 보관된 방도 있었다. 문헌과 문헌재현 기기들로 방이 너무나 가득 차서 문을 열 수가 없을 정도였다. 다른 방들도 사정은 마찬가지였다. 아세테이트와 페놀 수지로 만든 빗과 안경테가 산더미처럼 쌓인 방이 있는가 하면 온갖 종류와 형태의 금제품이 보관된 방도 있었다. 시계, 악기, 황금색 말과 백마의 조각상 등. 며칠 동안 발길이 닿는 대로 요새 내의 모든 동굴과 방들을 돌아다녀 보았지만 없는 것은 단지 책뿐이었다. 글자가 적힌 책은 단 한 권도 없었다. 그 어디에도 단 한 개의 문장도 적혀 있지 않았다.

요새의 아랫부분에 도착해서 보았던 기묘한 형태의 동굴 그림과 벽에 새겨진 부조 들을 보고 나는 그 매력에 흠뻑 사로잡혔다. 이곳 요새의 상층부에도 그러한 벽화들이 있었다. 눈높이 정도에 그려진 벽화는 방과 방, 복도와 강당 들을 이어 연속적으로 나타났는데, 그런데 암반 저 아랫부분 깊숙한 지하에 새겨진 동굴 벽화와는 달리 이곳 상층부의 벽화에는 분명 뭔가 타락의 기운이 스며 있는 것이 확실해 보였다. 아래 동굴의 벽들이 거칠고 투박하며 다듬어지지 않은 자연 상태의 모습으로 남아 있는데 반해 상층부의 공간들은 매끈하게 마무리된 벽과 깨끗하게 손질된 방으로 이루어진 것처럼, 이곳의 부조들은 이미 자신의 미적인 정점을 넘어서버린 예술품이었다. 그리하여 이제 스스로 소멸의 단계에 접어든 것이 분명한 그런 예술.

아래의 동굴 프레스코 벽화가 묘사해놓은 스위스 역사는 이 상층부로 와서 진행을 멈추고 정체에 접어든 듯이 보였다. 연속되는 사건, 전투, 행진, 사열식이—사실상 그 역사란 것이 전쟁의 역사이므로— 점차 이상하게도 동시적인 업적의 나열로 바뀌고 있었던 것이다. 건설작업,

이런저런 정복, 계획에 따른 미사일 사업, 선로 증설, 들판에서 일하는 농부들의 고되고도 영웅적인 노동 등. 아프리카 대륙에서의 문명화 사업 성과에 대해서는 암시적인 묘사로 그치고 있었다. 익명의 조각가들이 완성한 이 프레스코화는 단순히 고도의 양식화를 통해 제작되었을 뿐만 아니라 일정한 규칙에 따라 사물을 점점 더 추상화시킨다는 공통점이 있었다. 그래서 내가 벽화의 진행에 따라 방과 방을 지나쳐 갈수록 그림 속의 형체들은 더더욱 사실성을 잃었고, 수천 미터의 벽을 지나간 다음, 즉 요새의 가장 꼭대기 층에 이르자 방과 통로에서 나타나는 그림 속 형상들은 더 이상 자연 상태의 모습을 지니고 있지 않았다. 사물들은 단지 어떤 틀 혹은 평면에 불과한 것, 제각각 해체된 형태, 그리고 마침내는 무형의 존재들로 나타났다. 이곳 최상층부, 브라친스키와 로에리히가 있는 곳에 이르러 인간의 역사는 실제로 현기증과 구토를 일으키는 소용돌이 속으로 다시 진입한 것이다. 내가 어린 시절 보았던 팡가, 총고니 동굴 벽화에서처럼, 달팽이 껍질, 회오리 도형이 불러일으키는 현기증, 한가운데를 향해 끝없는 집중력으로 모여드는 동심원의 세계로.

3월 말, 이른 봄의 화창한 기운으로 매우 아름다웠던

어느 날——처음으로 화창하고 따뜻하며 건조한 날이었고, 그 이후로 그런 날들이 오래 계속되었다——브라친스키와 나는 요새의 암반으로부터 외부를 향해 튀어나오게 설계된 10여 개의 철근 콘크리트 발코니 중 하나에 나란히 서서 말없이 아래쪽 평원을 내려다보고 있었다. 가슴에서 팔짱을 낀 브라친스키는 평소보다도 더욱 말이 없었다. 길게 자라난 수염과 머리는 그가 백인인데도 불구하고 마치 아프리카 부족의 최고령자에게서 보이는 것과 같은 일종의 위엄과 기품을 부여하고 있었다. 나는 그를 옆에서 가만히 지켜보았다. 원래는 내가 체포했어야 할, 기묘한 이 남자를.

산비탈의 눈은 이제 막 녹는 참이었지만 계곡 아래쪽 풀밭과 목초지는 이미 연한 초록빛으로 덮여 있었다. 우리는 반 시간 전에 실로시빈*을 복용했다. 내가 새 언어를 쉽게 습득할 수 있도록 하려는 조치였다. 회색빛 비행선이 쇠 케이블에 매달린 채 슈레크호른 암반 위 허공에 떠 있었다. 저 아래쪽에서 군인들 몇 명이 모여서 손잡이를 이용해 비행선의 고도를 조정하고 있는 것 같았다. 군인

---

* 환각과 정신착란을 일으키는 물질. 환각버섯 속에 들어 있다.

들은 개미보다도 더 작게 보였다.

　삼각대 위에 설치된 고성능 스위스제 망원경을 통해서
우리는 잠시 동안 군인들의 작업을 지켜보았다. 브라친스
키는 계곡 아래쪽에 있는 조그만 협곡을 가리키면서, 내
가 도착하던 날 이 자리에서 나를 지켜보고 있었노라고 했
다.──내가 무기를 옆으로 치워놓고 식사를 하던 광경도
보았노라고──바로 지금 내가 들여다보고 있는 이 구리
망원경을 통해서 말이다. 우리의 머리 위에는 맑은 하늘
이 새파랗게 펼쳐져 있었다. 브라친스키의 입이 움직이지
않는데도 그의 말소리가 들리는 것으로 보아, 아마도 실
로시빈이 이제 효력을 발휘하는 것 같았다. 브라친스키에
게 대답하는 내 말도 내 입이 아닌 어딘가의 내부에서 곧
장 울려 나오는 듯했다. 내 앞이나 내 위쪽 어딘가의 허공
에 매달린 어느 내부로부터.

　브라친스키가 말했다. "나는 직접 가게 진열대 유리창
에 돼지 피로 그 문구를 썼지요. 어차피 그걸 읽을 수 있
는 사람은 지도원 동지뿐일 테니까. 그렇게 적힌 말이 당
신을 이곳으로 이끈 셈입니다."

　"파브르를 통해서 오게 된 겁니다."

"당연히 파브르를 통한 것이죠. 나는 그녀와 결혼했어요. 유대인, 여인, 그리고 흑인. 그게 바로 스위스죠. 그게 바로 새로운 세상이고."

"파브르는 죽었습니다. 독일군 공습을 받아서." 내 말은 원래 그래야 하는 정도 이상으로 감정 없이 들렸다. 브라친스키의 얼굴에 그늘이 스치고 지나갔다. 그는 손바닥을 가볍게 눈꺼풀에 갖다 댔다.

"뭘 보았습니까? 그녀 곁에 있을 때?" 그는 계곡 아래쪽으로 시선을 주며 물었다. "그러니까, 당신 눈으로 뭔가를 보았나요?"

"잠시만요, 생각을 좀 해봐야겠습니다. 네, 본 것이 있군요."

"그게 뭐였나요?"

"므와나 한 명. 여섯 살 정도 되어 보이던데요." 새로운 언어는 매우 물질적이었다. 각각의 어휘가 가지는 감성적 성격은 색채와 향기로 나타났고 정도에 따라 그 강도가 달라졌다. 나는 내가 말과 문장, 생각을 앞으로 밀어내고 있음을, 즉 공간적으로 투사하고 있음을 느꼈다. 그야말로 육체의 공간 속으로 말을 던져넣기. 완전히 납득할 수 있는 건 아니지만, 어쨌든 그런 일이 실제로 일어나고 있었다.

"그런데 이상하게도…… 아이의 피부가 검더군요."

"흑인 아이란 말이로군요."

"네 맞아요. 흑인이더군요, 나처럼."

"아프리카 아이로군."

"그런 것 같았습니다."

"눈동자는 무슨 색이었지요?"

"그건 잘 모르겠네요."

"제발 부탁이니 기억을 한번 되살려주세요."

"갈색이었던 것 같은데요."

"갈색이었던 것 같다고? 그냥 추측이 그렇다는 건가요? 아프리카 므와나는 모두 갈색 눈을 가졌으니까?"

"그럴 확률이 높죠. 하지만 푸른 눈이었을지도 모르겠네요. 정말 생각이 안 납니다, 브라친스키." 갑자기 기운이 없어지면서 진이 빠진 듯한 기분이 들었다. 새로운 언어로 말을 한다는 것은 육체적으로 엄청나게 힘든 일이었다.

"너무 애쓰지는 말아요." 이렇게 충고하며 브라친스키는 수염을 쓰다듬었다. 그리고 이번에는 입을 열어서 말했다. "실로시빈은 버섯 추출물이죠. 지도원 동지도 아시겠지만." 그리고 잠시 후 이어서 말했다. "버섯은 자연 상태에서 흔하게 발견됩니다. 지구상에서 가장 오래되고 가장 잘 알려진 생물종에 속하죠. 그렇지만 말입니다, 지도원 동지." 브라친스키는 이글거리는 눈동자로 내 눈을 똑바로 들여다보면서 말했다. "그렇지만 사실 버섯의 포자는 우주의 아득히 깊은 심연에서 태어났고, 소행성에 의해 지구로 운반된 것입니다. 소행성이 지구로 와서 충돌한 후 수백만 년의 세월 동안 버섯은 죽은 듯이 잠자고 있었던 거예요, 인간의 진화가 비로소 어떤 정점에 이를 때까지 말입니다. 인간이 충분히 영리해질 때까지, 그래서 실로시빈 버섯을 복용함으로써 인류의 유산을 신체 내부에 잡아둘 수 있을 때까지. 그렇게 본다면 우리의 새로운 언어는 하나의 바이러스인 셈인 거죠."

"아 그렇군요." 생각이 뒤로 밀려나면서 가라앉았다. 브라친스키는 정말로 미친 것이다. 하지만 이 생각을 앞으로 밀어내서 그가 눈치채게 해서는 안 된다.

"파브르와 나는 지도원 동지를 이곳으로 오게 만들 생각이었습니다. 시도도 해보지 않고 포기할 수는 없으니까요. 한 개체의 죽음은 우주 전체의 관점에서 보면 아무것도 아닙니다. 영(0)보다도 더 빈약한 분량이죠. 진정한 평화를 이루느냐 마느냐 하는 문제, 위대한 역사라는 차

나 여기 있으리 햇빛 속에 그리고 그늘 속에 159

투랑가 게임을 함부로 장난처럼 해서는 결코 안 되는 겁니다.

"그렇군요. 그런데 아펜첼 군인들은 누가 죽인 겁니까?"

"숲 속 군인들 말인가요? 당연히 우리엘이 죽인 거죠, 그 난쟁이 말입니다." 그의 대답이 지나치게 빨리 튀어나왔다는 생각이 들었다. "우리엘은 미치광이예요. 지도원 동지는 아마도 내가 그들을 죽인 범인이라고 생각했겠지만."

"우리엘도 죽었어요. 그는 지뢰밭에서 내 목숨을 구해주었죠."

브라친스키는 웃음을 투사했다. 그러자 내 몸에 살짝 충격이 느껴졌다. "지도원 동지 주변 인물들은 이상하게도 모두 어느 순간 자폭을 해버리는 경향이 있는 듯합니다."

"그런 기억을 많이 갖고 있긴 하지만 그것이 특별히 고통스럽지는 않군요." 갑자기 퍼뜩 이런 생각이 스쳤다. 브라친스키는 나와 파브르 사이의 일을 알고 있다.

"당신의 기억은 사실이 아니에요. 우리가 실제라고 부르는 그런 사실 말입니다. 당신은 청소년 시절부터 줄곧 세뇌를 받아왔으니까."

"그게 무슨 말이지요?"

"그 말은, 우리는 언어를 이용하는 것과 마찬가지로 당

160

연히 상상만을 이용해서도 어떤 행위를 할 수가 있다는 겁니다. 예를 들자면, 미사일이라는 존재가 주는 위협, 이것만으로도 충분하다는 거죠. 안 그렇습니까?"

"하지만 정말로 위협을 하려면, 미사일을 갖고 있어야만 합니다."

"그건 아니지요, 지도원 동지." 브라친스키는 발코니의 난간에 등을 기댄 채 철제 안경테 너머로, 마치 내 마음속을 꿰뚫어보는 것처럼 강렬하게 나를 응시했다.

"그러니까, 기적의 무기란 사실상 존재하지 않는다, 이건가요?"

"맞습니다. 실제로 가동하는 건 전무한 셈이죠. 전부다 프로파간다입니다. 이미 오래전에 모두 고장 나거나 망가지고 말았죠. 요새에 관해 떠벌리는 모든 것들은 사실 마술사들이 벌이는 주문처럼 의례적 쇼에 불과합니다. 요란하고 실속 없는 보여주기 식 선전 말이죠. 그건 모두 허황된 소리였고, 앞으로도 계속 허황될 겁니다. 한번 생각을 해보세요, 우리는 여기 깜깜한 굴속에서 왔다 갔다 하면서 살고 있는 인간일 뿐입니다. 아무것도 볼 수도 없지요. 단지 듣기만 합니다. 천장에 뚫린 구멍에서 흘러나와 동굴을 가득 채우는 그 지속적인 속삭임을. 심지어 우

리가 실제로는 단 한 번도 본 적조차 없는 구멍에서 흘러
나오는 속삭임 말입니다."

"종교로군요."

"그렇습니다, 유감스럽게도. 종교가 맞습니다."

"그건 반혁명적 발언인데요."

"그런 소리 마세요. 반혁명이니, 반공산주의니, 이단이
니. 그런 건 전부 애들 말장난에 불과하니까. 당신은 스스
로를 재교육할 필요가 있어요. 지도원 동지, 당신은 사실
노예입니다. 알고 계시나요? 당신은 스위스의 노예라고
요. 노예로 태어나 노예로 훈련받고 노예로 만들어진 거
죠. 당신과 당신의 민족은 그냥 대포밥이에요. 로봇이라
고요. 그 이상의 의미는 없답니다. 당신의 어린 시절은 한
편의 위조입니다. 세계를 한마디로 요약하면 '타르망귄이
고망귄을 지배한다' 입니다. 앞으로도 항상 그럴 거고요."

"그러니까 그 뜻은, 털 없는 흰 원숭이가 털 없는 검은
원숭이를 지배한다는 말이로군요."

"바로 그거예요."

그날 저녁, 아직 해가 채 저물기 전에 나는 브라친스키
의 방으로 그를 찾아갔다. 그는 웃통을 벗은 채로 어둑어

독한 방의 침대 가장자리에 앉아 나를 기다리고 있었다. 말끔히 면도를 마친 얼굴에, 머리통도 전부 밀어버린 상태였다. 책상 위에는 스케치가 여러 장 아무렇게나 흩어져 있는데, 일부러 대충대충 그린 듯이 그다지 별 볼 일 없어 보이는 그림들이었다. 그리고 스케치들 아래에 존데 하나가 반쯤 파묻혀 있었다. 존데는 움직임도 소리도 없이 조용했다.

"지도원 동지, 우리를 떠나려고 하는 겁니까?" 그는 조용한 목소리로 물었다. 그리고 우선 침대보를 판판하게 손으로 쓰다듬은 다음 신중한 몸짓으로 동작을 아껴가며 초에 불을 밝혔다. 나는 그의 곁으로 가 앉았다. 그는 반들반들하게 면도한 자신의 머리통을 쓰다듬었다. 과연 그 순간 브라친스키가 두려워하고 있었는지, 그것은 알 수 없다. 뒤쪽 벽에 비친 그의 그림자가 흔들거리며 춤추듯이 움직였다. 그의 겨드랑이 옆에서 얼핏 콘센트 모양을 보았다는 생각이 들었다. 열린 창을 통해서, 저 멀리, 아득히 먼 산 저편 어딘가에서, 폭발음이 들렸다. 마치 먼 하늘에서 진동하는 천둥처럼.

"우리는 어머어마하게 풍요롭습니다. 우리의 부가 원자에 기반하고 있으니까요."

"아니 어떻게 그걸……. 어떻게 그 말을 알고 있지요?"

"파브르가 해준 말입니다. 당신에게서 들었다고 하더군요."

"그래서?"

"그 기계를 보고 싶습니다, 브라친스키. 로에리히가 언급한 그 기계 말입니다."

"둠즈데이 기계? 그런 건 없어요."

"내 생각엔 여기 있는 것 같은데요."

"아니, 없습니다. 로에리히가 거짓말한 거예요. 누구든지 외부인이 왔다 하면 요새에 대해서 뭔가 그럴듯하게 대단한 이야기를 포장해서 들려주고 싶은 것이 사람 심리니까요. 우리 편뿐 아니라 적들도 그런 말을 하잖아요. 이런저런 기계가 있다고 말들을 하죠. 그런 놀라운 무기들이 평화를 가져올 거라고. 하지만 모두가 다 말짱 거짓말이라고요."

"그러니까, 그 기계는 없다?"

브라친스키는 대답하지 않았다. 대신 그는 베개 아래 숨겨두었던 칼을 꺼내 나에게 불쑥 내밀었다. 칼날 한 면은 날카로운 톱날처럼 생겼고, 다른 쪽 칼날도 섬뜩하리만큼 예리해 보였다. 그리고 역시 침대 어두운 한구석에서 꺼낸 송곳의 뾰쪽한 끝으로 내 가슴을 건드렸다. 왼쪽 가슴, 심장이 있을 것으로 추정되는 곳을.

나는 손에 쥔 칼을 이리저리 돌리며 만져보기만 했다. 브라친스키는 송곳으로 내 군복 위를 푹 찔렀다. 송곳이 피부에 와 닿는가 싶더니, 순식간에 끝이 피부 속을 파고 들고 있었다. 처음에는 피가 방울방울 맺히는 정도였지만 곧 군복셔츠가 검붉게 젖고 말았다. 통증이 파도치며 밀려왔다. 견디기 힘들 정도였다.

"뭘 망설입니까, 찔러요 어서, 지도원 동지."

"아뇨."

"그래도 해야 할 겁니다. 안 그랬다가는 내가 당신의 심장을 찔러버릴 테니까요."

상체를 전혀 움직이지 않은 채, 나는 칼을 다시 침대 위에 올려놓았다. 브라친스키는 송곳을 더욱 깊숙이 찔러 넣었다. 나는 몸을 뒤로 뺐다.

"그래 봐야 소용없어요."

"왜 저항하지 않는 겁니까?"

"그곳에는 심장이 없으니까요. 내 심장은 다른 쪽에 있답니다."

"그럴 리가 없어!"

"아니 내 말이 맞습니다."

"어떻게 그럴 수 있지요?" 브라친스키는 송곳날을 내 가슴팍에서 빼냈다. 한 줄기 피가 그치지 않고 계속해서 흘러내렸다. 하지만 사실 상처는 그리 깊지 않았다. "그건 불가능한데요." 브라친스키는 이렇게 속삭이면서 손을 내 오른쪽 가슴 위에 올려보았다. 그곳에 심장이 뛰고 있었다. 바깥에서 들려오는 폭음이 점점 더 가까워졌다.

"당신이 아펜첼 군인들을 죽인 게 맞죠?"

"신이 죽인 거요" 하고 그가 작은 소리로 대답했다.

"아, 그렇군요. 물론구."

브라친스키는 갑자기 비명과 함께 송곳을 치켜들더니, 미처 내가 제지하기도 전에 단숨에 자신의 왼쪽 눈과 오른쪽 눈을 한 차례씩 찔렀다. 각막이 파열하면서 흰 젤리 같은 물질이 흘러나왔다. 그가 너무도 크고 과격하게 비명을 질렀으므로 나는 침대 모서리에서 밀려나 바닥으로 떨어지고 말았다. 그의 안구에서 핏줄기가 분수처럼 뿜어져 나와 맞은편 벽을 시뻘겋게 물들였다.

"당신의…… 모습이…… 더 이상 보이지 않습니다."
목구멍에서 피를 쿨럭거리며 그가 힘겹게 말했다. 그의
육체는 상당히 탈진한 상태였을 것이다. 마치 기계에서
전기 코드를 뽑듯이 그렇게 스스로를 작동 정지시킬 수 있
으니 말이다. 그는 의식을 잃고 침대에 쓰러진 채 꼼짝도
하지 않았다. 피가 뚝뚝 흐르는 송곳이 그의 손에서 미끄
러져 바닥을 도르르 굴러갔다. 한동안 정적뿐이었다. 들
리는 것은 단지 내게서 나오는 가쁜 숨소리뿐. 어디선가
귀를 찢는 사이렌이 울렸다. 폐부를 가차 없이 파고드는
칼날 같은 그 소리와 함께 다시 한 번 더 둔중한 폭음이
산을 뒤흔들었다.

점차 피로 물들어가는 베개를 가슴에 끌어안은 채 나는
방을 나섰다. 복도에 설치된 가스 마스크 한 개를 집어서
쓰고 아래쪽을 향해 비틀거리며 내려가 바깥으로 난 문 하
나를 밀어서 열었다. 발코니로 나가자 가장 먼저 눈에 들
어온 것은 머리 위 하늘을 가득 채운 압도적인 위용의 독
일군 전투기 수십 대였다. 가스 마스크의 둥근 유리를 통
해서 보이는 짙은 주황빛 태양은 눈부신 광채에 싸인 채
알프스 산맥 너머로 막 가라앉는 중이었다. 우리 편의 탐
조등이 하얀 바늘처럼 길게 선을 그리며 저녁 하늘을 여기

저기 가로지르는 사이, 지옥의 폭격은 다시 요새를 맹수
처럼 물어뜯었다.

XI

나는 남쪽으로 난 숨겨진 출구를 통해서 요새를 빠져나왔다. 티치노를 향하고 있는 그 출구 앞에는 철제 다리가 하나 있기는 했지만 아직 완성되지는 않았다. 폭격이 너무 잦아서 공사를 원만히 진행할 수 없었던 것이다. 요새의 남쪽 측면에는 방어시설이라고 할 만한 것이 전무했다. 이쪽 방향에서는 보병의 공격이 들어올 가능성이 전혀 없었다. 그래서 나는 폭격이 있은 지 며칠 후에 아무의 눈에도 띄지 않고 요새를 빠져나와 미완성인 다리 인근에서 계곡을 향해 내려갈 수 있었다.

그날의 폭격은 예외적으로 아주 집요했다. 독일군 전

투기는 격추당하기 직전에 상당한 분량의 스크루 폭탄을 투하하는 데 성공했다. 폭탄의 끝은 강한 회전과 함께 화강암 속으로 자동 나사못처럼 파고들어, 암반 내부에서 인을 발산하면서 폭파했다. 수백 명의 병사들이 사망했다. 또한 일부 스크루 폭탄에는 벤질산 용기가 장착되어 있어서, 거기서 발출된 가스로 인해 팡가의 수많은 거주자들이 심각한 환각 증세를 일으키기도 했다. 공포에 질린 인간들이 요새 전체에 구석구석 퍼져버린 아몬드 냄새를 피해 달아나려고 통로와 굴을 가득 메운 채 아우성쳤다. 준비된 가스 마스크의 숫자는 턱없이 부족했고, 절망에 빠진 두 명의 여군이 내 마스크를 벗기기 위해 필사적으로 덤벼들었지만 성공하지 못했다. 무개 화차를 타고 한참을 내려온 뒤 마침내 출구에 도착한 다음, 나는 철저함과 완벽함이 돋보이는 스위스제 마스크를 벗어 보관함에 다시 걸어두었다.

눈부신 햇살이 천지에 가득했고 어디에도 눈은 남아 있지 않았다. 남쪽으로 탁 트인 평지까지 한눈에 내려다보였다. 나는 계곡 아래로 방향을 잡고 내려가기 시작했다. 요새에서 가져온 전투용 비스킷 한 통이 내가 가진 비상식량이었다. 가슴에 난 조그만 구멍은 빠르게 아물었다. 걸음을 디딜 때마다 발 아래서 산비탈의 조약돌 더미가 바스락거리며 느슨하게 무너져 내렸다. 나는 군복 위에 군용 외투를 걸쳤고, 폭격의 와중에서 장전된 루거 파라벨룸 한 정을 챙길 수 있었다. 내가 처음으로 본 꽃은 노란 민들레였다. 나는 그것을 꺾어 군복 옷깃에 꽂았다.

초록빛으로 그늘진 계곡을 벗어나자 갈색 건물 몇 채 위로 높다란 굴뚝들이 하늘을 찌를 듯 우뚝 솟아 있는 기묘한 광경이 나타났다. 가까이 다가가서 살펴보자 그것은 더 이상 가동하지 않는 벽돌공장인데, 공장 건물 한 동 한 동을 모두 선박으로 전환한 것으로 보였다. 순간적으로 나는 가스 마스크 사이로 스며 들어온 벤질산에 중독되어 지금 눈앞에 헛것을 보고 있는 것은 아닌가 착각이 들 정도였다. 알록달록한 색으로 칠한 공장 굴뚝들은 배의 증기가 빠져나가는 굴뚝이 되었고, 공장의 담을 둘러싸며 난간도 설치해놓았다. 그리고 건물 앞쪽에는 커다란 닻이 하나씩 매달려 있었다. 가까이 가서 보니 거대한 통나무를 깎아서 만든 닻이었다. 벌판에 우뚝 선 이 놀라운 증기선 군단은 굴뚝 높이가 30에서 40미터에 이르렀고, 회반죽 처리된 벽돌로 이물과 고물을 만들었는데 역시 굴뚝과 마찬가지로 색색으로 칠을 해놓았다.

조금 주저하면서 나는 배 한 개의 옆구리를 건드려보았다. 그리고 주변을 한 바퀴 빙 돌았다. 공장의 문과 창들은 모두 막혀 있었다. 안으로 통하는 출입구는 아무 데도 없었으므로, 실제로 이 기묘한 건축물의 내부에는 아무도 발을 디딜 수 없는 듯이 보였다. 배를 운항할 수 있는 물로부터 까마득히 멀리 떨어진 곳에 어째서 이런 선박 모형을 만들어놓은 것일까. 이것은 의미도 목적도 없이 공허하게 크기만 한 사원이자 신전, 우상의 집이 아닌가. 나는 근처의 풀밭 위에 앉아 장화를 벗었다. 요새에 있을 때 새 양말을 하나 달라고 했어야 했는데. 낡은 양말이 누더기 깃발처럼 슬프게 발가락 끝에 축 늘어져 있었다.

"여보—세요." 다 떨어진 모직 양말을 발가락에서 벗겨내느라 애쓰고 있는데, 저 위에서 누군가 나를 부르는 소리가 들렸다. "여보—세요, 거기…… 누구…… 있나요?"

"여기요!" 벌떡 일어선 나는 키 큰 풀 사이를 달려서 풀밭 앞쪽으로 나아갔다. 배의 갑판에 해당하는 꼭대기 위에는 한 금발 여인이 서 있었다. 나를 발견한 그녀는 미소와 함께 손을 흔들어 보였다. 푸른색 물방울 무늬가 찍힌 그녀의 얇은 여름 원피스 자락이 바람결에 나부꼈다.

"거기서 뭐하는 겁니까? 그 위에는 어떻게 올라갔어요?"

"전체 대륙이……"

"뭐라고요?"

"머리카락이…… 우리 두 사람……"

"잘—안—들려요!"

"새들을…… 해보세요……"

그녀는 내게 손짓으로 배의 다른 쪽, 바람을 등지는 쪽으로 돌아 오라고 하는 듯했다. 나는 물 위를 미끄러지듯이 재빨리 맨발로 풀밭을 달려 선미를 돌아 갔다. 그쪽에서 그녀는 배의 난간에 기대서 있었다. 내 머리 위 공중 30미터 지점에. 나는 새로운 언어를 사용해서 말을 걸어보려고 시도했다. 하지만 잘 되지 않았다. 한 문장 한 문장을 위에 있는 그녀를 향해서 투사해보았지만 그녀는 내 말을 알아듣지 못했다. 브라친스키의 새 언어는 투사는 가능했지만 포착이 불가능했다. 나 역시 그녀의 말을 알아들을 수 없었다.

"오세요……"

"밧줄 같은 게 있나요?

"…… 리더…… 아벤…… 슈톨레……"

의미 없는 짓이었다. 나는 다시 장화를 신고 그녀에게 작별의 인사로 손을 흔들어준 다음 계속해서 남쪽으로 갔다. 저물어가는 오후의 엷은 햇살 속에서 그녀는 오랫동안 난간에 기대선 채 나를 지켜보고 있었다.

장미색 석양이 서쪽 하늘에 퍼질 때 나는 숲이 우거진 한 언덕배기에서 잠을 청했는데, 그때 내 눈앞에 춤추는 해골들이 나타났다. 수풀 사이 어디에선가 들려오는 조용한 선율에 맞춰 뼈다귀들이 덜그덕거리며 춤을 추었다. 그 선율은 흑인 아멕시칸들로 이루어진 악단이 연주하는 음악이었고, 가사도 멜로디도 나에게는 낯선 것이었다.

아침이면 나는 냇물에서 목욕을 했고 저녁에는 숲이나 나무 아래서 휴식을 취했다. 농가나 마을이 나타나면 아주 멀리 빙 돌아서 피해 갔다. 전투식량이 다 떨어진 다음에는 버섯이나 민들레, 기타 식용 풀을 먹었고 한번은 덩치가 당당한 토끼를 한 마리 발견하고 총을 쏘기도 했다. 하지만 명중시키지는 못했다. 총소리는 마치 음향의 눈사태처럼 산 높은 곳에서 내가 있는 계곡 밑바닥을 향해 메아리치며 쏟아져 내렸다.

남쪽으로 가면 갈수록, 엄청난 규모의 재앙을 예감하는 소름 끼치는 산악 요새로부터 멀어지면 멀어질수록, 대지는 점점 더 포근해지고 부드러워졌다. 전쟁은 이제 멀리 떨어진 이야기처럼 느껴졌다. 푸르다 못해 눈이 시릴 듯이 새파란 하늘 아래 화려하고 아름다운 봄꽃들이 사방에 피어 있었다. 길가의 돌 위에는 그해 첫 곤충들이 긴 겨울 동안 참아왔던 갈증을 회복하기 위해 햇살을 담뿍 빨아들이며 기분 좋게 웅웅거리고 있었고 그런 모든 광경은 내 피를 신선한 에너지로 가득 채웠다. 오랫동안 잊고 있었던 활기와 생명력. 여름이 가까워져 왔고, 추위는 모두 물러갔으며, 빙하는 녹았고, 이제 새로운 시대가 도래할 것이다. 비록 아주 느린 속도이긴 하지만 쉬지 않고 이 세상을 향해 꾸준히 다가오고 있는 새로운 시대가.

티치노에 도착했다. 이제 아래로 뻗은 길은 북이탈리아로 곧장 향하게 된다. 그곳에서 나는 첫번째 야자나무를 보았다. 몇 시간 후에는 길가의 작은 관목에서 아주 조그맣고 구부러진 초록빛 바나나가 열린 것을 발견했다. 바나나 특유의 모양은 내 영혼에 찍힌 원초적인 형상에 대한 기억을 불러일으켰다.

나는 무거운 군용외투를 집어 던지고, 브라친스키의 병적인 가르침도 잊어버렸다. 나는 더 이상 연기 언어를 사용하려고 하지 않았다. 심지어는 어느 날 아침 한 무리의 들개들이 하얀 이빨을 드러내고 내 앞을 가로막았을 때조차 시도하지 않았다. 그것은 백인들의 언어였으며, 전쟁터에서의 관용어였다. 나는 더 이상 그것이 필요하지 않았다. 나는 돌멩이 하나를 집어 들고, 무리 중 가장 덩치가 큰 대장 개의 콧잔등을 정확하게 명중시켰다. 그러자 개들은 깽깽거리고 울면서 호수 쪽으로 달아나버렸다.

어느 작은 마을의 식당에서 나는 염소 기름과 한 접시의 은시마를 사 먹었다. 키가 훌쩍 크고 마른 식당주인은 니암웨지* 사람인데, 그는 나에게 자신의 집에서 묵어도 좋다고 제안을 했다. 그는 화덕 곁 의자에 편하게 자리 잡고 앉아서 나무조각 파기에 열중하고 있는, 정신이 약간 온전치 못한 이탈리아인을 밖으로 쫓아냈다. 그리고 식당 바닥을 쓸어내고 벽을 흰색으로 새로 칠했다. 그날 오후, 몇 시간 동안 휴식을 취한 내가 기운을 차리자 그는 나를 지하실로 데리고 가서 흡족한 미소를 띠며 서른 개나 되는

---

* Nyamwezi: 중앙 탄자니아의 반투어를 사용하는 민족 집단.

음베게 통을 보여주었다. 이 술들은 다음 주에 산을 넘어 북쪽 본토로 운반될 예정이라고 했다.

"당신 눈, 당신의 눈동자는 색깔이 매우 독특하네." 주인은 잔 두 개에 술을 따르면서 말했다. 지하실은 시원하고 어두웠다. 우리는 사투리로 대화했다.

"그렇지. 이 눈은 새로 얻은 거야. 새로 처리를 한 눈이라서 그래."

"그런 눈으로 보면 사물이 달라 보이나?"

"아니. 당신에게 내가 보이는 것과 똑같이 당신도 그렇게 나에게 보여."

"밖으로 나가서 햇빛 있는 데로 좀 갑시다. 당신 눈을 좀더 자세히 보고 싶어" 하고 주인이 말했다. "처음에는 하나도 믿기지가 않더라구. 당신 같은 흑인이 스위스 장교라는 사실부터해서. 어디 눈 좀 보여줘봐."

우리는 바깥으로 나와 식당 앞 나무 벤치에 앉았다. 그는 산 뒤로 저물어가는 저녁 햇살에 의지하여 내 눈을 관찰했다. 나는 그가 하고 싶은 만큼 들여다보도록 해주었다. 그는 어린아이처럼 마구 놀라워했다. 그러자 내 피부 위로 기분 좋은 전율이 퍼져 나갔다.

"아이구 눈동자가 파란색이네."

"그렇게 보일거야."

"원래는 갈색이었을 텐데."

"내가 므와나였을 때는, 그랬지."

"신기하기도 하지."

그는 윗옷 주머니를 뒤적기리 나 무스러진 파피로시 담배를 두 개비 꺼내고 음베게를 한 모금 들이켰다. "포디야? 당신네 나라 말라위에서는 이걸 포디야라고 하지?"

"그래, 우리나라 말로 담배는 포디야가 맞아."

우리는 담배를 피우며 나란히 앉아서 호수를 내려다보았다. 백조들이 들개 한 마리와 다툼을 벌이고 있었다. 꺽꺽대며 경고를 내지르는 백조의 목쉰 소리가 뜨끈한 저녁의 대기를 가득 채웠다. 나는 다시 체와족 사람으로 되돌아왔다. 저 멀리 남쪽 평원 너머 지평선 위로 비행선 한 대가 유유히 날고 있었다. 비행선은 거의 움직이지 않고 정지된 듯이 보였다.

"당신은 여기서 꽤 자리를 잡은 것 같아."

"그렇게 말할 수 있지. 이곳에 마지막 폭탄이 떨어진 것이 벌써 몇 년이나 전의 일이니까. 이 아름다운 호수에 관심을 갖는 나라가 없기 때문이야. 간혹가다가 토끼 정

도를 쏴 죽이는 사람은 있지만, 더 이상의 피를 흘릴 일이
없어. 독일인들은 이곳 티치노를 아주 지루한 고장이라고
여기니까" 하고 그는 미소를 지었다. "그리고 이탈리아인
들이 여기에 터를 잡은 거지. 자기들 방식으로 말이야. 저
기를 좀 봐. 내 아내가 오는군."

용모가 아름다운 한 젊은 여인이 마을 길을 걸어 식당
쪽으로 올라오고 있었다. 앞이 트인 셔츠 차림에 머리칼
을 알록달록한 두건으로 감싼 여인은 세탁 바구니를 가슴
에 껴안고 흥겨운 멜로디로 휘파람을 불었다. 그녀는 소
말릴란드 출신이 분명해 보였다.

"그러니까 당신은 고향에서 군사 아카데미를 다녔단 말
이지" 하고 주인이 물었다.

"그래, 블랜타이어에서."

"나디파, 여기 와서 함께 앉아."

"안녕하세요." 그녀는 고개를 까닥이며 인사를 했다.
그리고 수줍어하는 기색은 조금도 없이 활짝 미소를 지어
보였다.

"나디파와 나는 제노바 항구에서 처음 알게 됐어. 나는
일반 사병이었고 나디파는 보급대의 감시원이었지. 그때

우리가 얼마나 대단했는지 당신이 봤어야 하는데. 우리는 매일 사랑을 나누었다고, 그것도 하루에 세 번, 네 번을 말이야."

"개구리처럼 파란색이네요, 당신 눈동자가." 나디파는 이렇게 말하며 남편의 주머니에서 파피로시 담배를 끄집어냈다. "어디서 묵을 건데요? 우리 집에서 묵어요. 우린 형제니까."

"벌써 우리 집에서 묵으라고 초대를 했어. 그런데 어디로 가는 길인지, 이런 질문을 해도 되려나?"

"정확한 목적지는 나도 잘 몰라. 아마도 제노바 항구로 갈 것 같은데. 가지 말아야 할 이유도 없고."

저녁이 되자 우리는 식당 주방에서 호수에서 잡은 생선과 바나나로 퐁듀를 만들었고, 농담을 나누면서 각자 열잔의 음베게를 마셨다. 주인은 노래를 불렀고 나무 상자 위에 걸터앉은 나디파는 상자를 북처럼 두드리며 반주를 했다. 시간이 흐른 다음 나디파는 차투랑가 게임판을 가지고 왔다. 하지만 나는 술이 너무 취해서 집중을 할 수 없었으므로 그녀가 이겼다. 그녀는 승리의 환호성을 질렀다. 이런 시간이 얼마나 오랜만인가. 마치 평화가 찾아온 것만 같았다.

XII

우리는 몇 년도를 살고 있었는가? 시간은 존재하기를 멈추었다. 나는 목요일이나 16일과 같은 날짜를 세거나, 태양이 창공을 가로지르는 경로를 계산하기를 오래전에 그만두었다. 시간은 가고 오며, 날은 가고 오는 것이었다. 나는 북이탈리아의 평야지대로 내려갔다. 그곳의 관리들은 관대하게도 우리를 믿어주었다. 나는 늪지대와 포에베네 평야의 사탕수수 농장을 지나쳐갔는데, 그러는 사이 내 발은 땅바닥을 거의 디디지 않았다. 벼농사를 짓는 한 농부에게서 내 군화를 털가죽 신발과 교환했고, 밤이면 내 치아에서 나오는 섬광을 세상에 나누었다. 나는 나무 꼭대기에서 살았고, 봄비를 내 쪽으로 끌어당겼으며, 아주 오랫동안 내 형제들과 그리고 늙은 치유사와도 대화를 나누었다. 나는 갈대 줄기와 함께 수많은 책에 적힌 내 이름을 먼지투성이 길가에 놓아두었다. 나는 어휘와, 문장과 책 전체를 자연에 기록했다. 꿀단지 개미의 역사, 여우의 백과사전, 그리고 세상의 혈통에 관하여, 지하를 흐르는 강물, 저 깊은 곳에서 소리 없이 진동하는, 알려지지 않은 과거의 떨림, 그리고 그 안에서 떠오르는 미래의 시간을. 나는 그것들을 그림으로 그린 것이 아니라, 문자로, 대지의 형태소로 하나하나 기록했다.

존데는 어떻게 되었는가? 바레세 인근에서 나는 존데하나를 쳐서 떨어뜨렸다. 탄성이 좋은 포플러 가지는 윙하는 소리와 함께 날렵하게 허공을 가로질렀다. 존데는자신에게 벌어진 일을 이해하지 못하겠다는 듯이 몇 초 동안 어리둥절한 모양으로 허우적거리더니, 그대로 땅으로떨어지고 말았다. 그리고 죽은 쇳덩어리가 되어버렸다.나는 존데를 집어 들었다. 손바닥 안에 들어온 그것은 쇠로 만든 사과처럼 보였다. 나는 존데를 최대한 힘껏 멀리집어 던졌다. 그런 이후, 내 주변에는 모종의 신경성 기류가 발생했다. 환경을 구성하는 분자구조가 변화한 것이다.길 가장자리의 덤불들이 이파리를 하나하나 떨었다. 지평

선에서 번개가 쳤다. 전기적으로 번쩍번쩍 섬멸하는 오렌
지색과 청회색 광선이 오후의 풍경을 밝혀주는가 싶더니,
다시 지평선 너머로 사라져버렸다. 그날 오후, 세계는 골
똘히 생각에 잠긴 존재처럼 보였다. 아직도 고민하고 있
으며, 아직도 회의하고 있는 존재. 새들이 불안한 모양으
로 날아올랐다. 몇 베르스타를 더 가자 흰색 말 한 마리가
길가의 논에 서 있다가 번쩍거리는 이빨을 드러내는 것이
보였다.

내가 처음에 본 것은 내 조상들의 마스크였다. 그리고
그들이 본 것을 나도 보게 되었다. 나는 영국 전역을 뒤덮
은 광대한 화재의 불바다를 보았다. 힌두스탄의 공습 때
문이었다. 나는 장님이 된 브라친스키가 비명을 지르며
손가락 끝으로는 벽의 부조들을 더듬으면서 텅 빈 동굴 통
로를 헤매고 다니는 것을 보았다. 그의 손가락은 스위스
의 역사를 거슬러 과거를 향해 내려가고 있었다. 독일군
의 환각 가스통 하나가 화가 로에리히의 발코니에 떨어졌
고, 그러자 화가는 자신의 이젤과 함께 까마득한 벼랑 아
래로 추락하고 말았다. 그의 몸 주변으로 반짝거리는 색
색의 각설탕 조각들이 함께 흩날리면서 떨어졌다. 나는
늙은 치유사가 떨리는 손으로 나무에 소금물을 바르는 것

을 보았다. 나는 내가 들판에서 쏴 죽인 독일군 빨치산의 손이 눈 위에서 움직거리는 것을 보았다. 그는 얼굴에 문신이 있던 남자였다. 그의 손바닥이 좍 펴졌다가, 다시 무엇을 쥐기라도 하듯이 오므려졌다. 마치 붙잡을 나뭇가지를 찾으려 했지만 성공하지 못한 채 허공을 움켜쥐고 마는 흰 원숭이, 타르망권의 손처럼.

제노바에 도착한 나는 몰락해가는 문명의 타락한 풍경에는 전혀 시선을 주지 않았고, 곧장 항구로 가서 나를 아프리카로 실어다줄 만한 화물선 한 척을 찾아냈다. 선교에 서 있는 흰 제복 차림의 선장은 몰타 사람이었다. 그는 두 손의 엄지손가락을 혁대에 꽂은 자세로 한 곡의 아리아를 부르고 있었다. 아리아가 절정 부분에 이르자 왁스로 손질한 그의 콧수염이 감동의 전율을 일으키며 부르르 떨렸다. 그의 화물선은 낡았고 녹투성이였으며 뱃전에는 조개와 다슬기가 다닥다닥 붙어 있었다. 젊은 선원들이 휘파람을 불며 자루와 상자들을 배로 실어 날랐고, 부두에 서 있는 몇 명의 이탈리아인이 지루함을 잊기 위해 동전을 바닷물 속으로 던져 넣었다. 그러면 발가숭이 흑인 므와나들이 환호성을 지르며 기름띠가 번질거리는 수면을 깨고 물속으로 풍덩 뛰어들어가 힘차게 잠수했다. 그러고는 잠시 후 물 위로 고개를 들고 뻘 바닥을 헤쳐서 발견한 동전을 쥔 손을 하늘을 향해 번쩍 추켜올렸다.

　내 눈동자는 이제 완전히 푸른색으로 변했다. 아니 단순히 푸른색이 아니라 울트라마린이라고 해야 하리라. 홍채와 동공뿐 아니라 망막까지도. 선장은 나를 보더니 깜짝 놀랐고, 아프리카인 선원들은 나에게 길을 비켜주었다. 하지만 한군데 자리를 잡고 앉자, 더 이상은 사람들의 주의를 끌지 않았다. 사람들은 마치 내가 보이지 않는 듯이, 그렇게 행동했다. 우리가 항구를 떠날 때, 음성문헌 기기의 금속성 목소리가 구슬픈 옛날 아일랜드 민요 한 곡을 흘려보냈다. 육지에서 물로 건너가는 의례. 나는 털가죽 신발을 벗어 바다 위로 던져버렸다. 밤에는 갑판 위에서 잠을 잤다. 별들이 내 위에서 반짝거렸다. 선박용 밧줄과 배를 덮는 덮개 냄새가 났고, 낡은 모터가 붕붕거리며 돌아가는 소리가 하루 종일 들려왔다. 엔진에서 흘러나온 기름띠가 선미의 수면을 무지개 색으로 물들였고, 배 아래로 물고기들이 소리 없이 헤엄쳐 갔다. 선원들의 고함 소리와 갈매기들의 울음이 바다 위에서 맑게 울렸다.

　화물선은 나를 태우고 지중해를 지나 해협을 통과했다.

이제는 우리 아프리카인에게 속하게 된 해협을. 화물선은 나를 태우고 내 사랑에게로, 금발의 한 여인에게로 향했다. 처음에는 그녀의 머리카락이 너무나 밝게 반짝이는 노란색이어서 충격적이기도 했지만, 곧 그것이 부드러운 금빛임을 깨닫게 되었던. 푸른색 물빙울 누늬 여름 원피스 차림의 그녀는 종종 난간에 맨발로 기대선 모습으로 나타났다. 펄럭이며 휘날리는 그녀의 윤곽은 희미했으나 나는 항상 그녀를 알아볼 수 있었다. 나는 흰 셔츠의 목 단추를 풀고, 아버지의 흰 바지를 입었다. 불타는 푸른 하늘 아래서 우리는 마침내 전갈에게 점령당한 소말릴란드의 해안으로 다가갔다. 돌고래 무리가 우리 배를 따라왔다. 새들이 저곳에 있다, 밤부, 새들이, 우리들 혈관 속 체와족의 피가 노래하기 시작했다. 은다피카,* 은다콘드와.** 우리들 혁명의 푸른 눈동자가 피할 수 없는 무자비함으로 불타오르기 시작했다.

---

* ndafika: 치체와 말로 "내가 왔다"는 뜻이다.
** ndakondwa: 치체와 말로 "나는 행복하다"라는 뜻이다.

XIII

　밤사이 모든 도시가 텅 비었다. 아프리카인 거주자들
이 떠났다. 마치 소리 없는 민족의 대이동처럼. 그들은 시
골 마을로 돌아갔다. 제도판 위에서 정성들여 도시를 설
계하고 건축 작업도 감독한 스위스인 건축가는 비행선을
타고 텅 빈 동아프리카의 도시들을 공중에서 둘러보았다.
콘크리트로 구체화된 그의 비전, 주민들이 행복하고 편안
하게 살 수 있도록 밝고 질서 있게, 현대적이면서 우아하
게 설계한 그의 도시들. 하지만 그는 그곳을 떠나겠다고
마음먹은 사람들을 단 한 명도 막지 못했다. 도시 외곽에
방어선을 치고 주둔하던 군인들도 무기를 내려놓은 채 이
탈하는 주민들의 대열에 합류해버렸다. 떠나는 행렬은 아

침부터 늦은 밤까지 쉬지 않고 계속되었고, 그리하여 도시의 모든 주민들은 사바나 평원 한가운데를 향해 홀연히 사라졌다. 이름이 잔레라고 하는 로만디 출신의 스위스인 건축가는 망연자실하여 텅 빈 시청의 사무실에 홀로 서 있었다. 그의 발치에는 그림으로 나타낸 법령문, 규정들, 스케치, 음성문헌, 앞으로 지을 군사시설의 조감도, 서둘러 완성한 아동병원의 설계도들이 무기력하게 흩어져 있었다. 자신의 마음을 이토록 몰라주고 배은망덕하게 구는 사람들을 생각하자 그는 눈물이 쏟아질 것만 같았다. 잠시 후 모든 전력이 끊겼다. 기계는 작동을 멈추었고 배들은 더 이상 항구로 들어오지 않았다. 기관사가 떠나버린 열차는 선로 위에 그대로 멈추어 섰고 쓰레기나 폐기물을 수거해 가는 이도 아무도 없었다. 학교는 텅 비었다. 얼마 지나지 않아 덩굴식물들이 건물의 담벼락을 뒤덮으며 자라났다. 건축가는 밤새도록 자신이 만든 스위스 풍의 도시, 사람의 모습은 하나도 보이지 않는 유령의 거리를 홀로 헤매고 다녔다. 다음 날 아침 아프리카의 태양이 뜨겁게 달아오르기 전에, 건축가는 자신이 직접 설계한 강철 가로등 위에 밧줄을 걸고 그 끝에 자신의 목을 매달았다. 건축가가 항상 쓰고 다녀서 그의 상징처럼 되어버린 둥근 검은테 안경이 코에서 미끄러져 누런 흙바닥으로 떨어졌다. 아무도 청소를 하는 사람이 없으므로 평상시라면 항상 깨끗하게 빗질이 되어 있을 거리와 대로들이 며칠 지나지 않아 고운 먼지 입자의 결정체들로 잔뜩 뒤덮였다. 건축가는 그동안 내내 가로등에 매달려 있었다. 첫번째 하이에나가 나타나서 그의 발을 뜯어먹기 전까지는.

유토피아의 뒤편

크라흐트

『나 여기 있으리 햇빛 속에 그리고 그늘 속에 *Ich werde hier sein im Sonnenschein und im Schatten*』(이하『나 여기 있으리』)는 1995년 데뷔작『파저란트 *Faserland*』로 뜨거운 논란을 일으키며 팝문학이라는 새로운 독일문학의 흐름을 연 작가 크리스티안 크라흐트(그 자신은 팝문학이라는 명명에 대해 점차 거리를 두었지만)가 쓴 세번째 장편소설이다. 그의 두번째 장편소설『1979』가 2001년에 나왔고,『나 여기 있으리』는 2008년에 출간되었다. 그리고 최근에 네번째 장편소설『제국 *Imperium*』이 나왔으니, 크라흐트는 평균적으로 5년여에 1권 주기로 장편소설을 출간해온 셈이다. 장편소설이라 해도 그의 작품들이 결코 길지 않다는 것을 감안하면 그는 분명 과작의 작가에 속한다(이를테면『나 여기 있으리』는 토마스 만의 중편소설Novelle인『베니스에서의 죽음』보다 약간 더 긴 정도이다). 하지만 오늘의 독일문학에서 그는 강력한 존재감을 발하고 있다.『파저란트』출간 때부터 그는 비평적 찬사와 격한 거부 반응이 엇갈리는 가운데 화제의 중심에 떠올랐고, 이번 3월에 발간된『제국』에 대해서도『슈피겔』의 서평자가 크라흐트의 인종주의를 비난하면서 또 다시 논란이 일었다. 이번에는 크라흐트의 옹호자들이 즉각 압도적인 반격에 나서서 인종주의 논쟁은 조기에 사그라지기는 했지만 말이다. 2009년에는 연구자들이 크라흐트 문학을 집중 조명한 책『크리스티안 크라흐트: 생애와 작품 Christian Kracht: Zu Leben und Werk』(요하네스 비르크펠트 · 클라우데 콘터 편, 285쪽)이 출간되기도 했다. 오늘날과 같은 '고령화 사회'에서 42세(출간 당시 나이)의 작가에게 이와 같은 연구서가 바쳐진다는 것은 매우 이례적인 일이다. 그것도 불과 세 편의 짧은 장편소설을 출간했을 뿐인 작가에게. 이러한 크라흐트의 힘은 어디서 오는 것일까? 일단 이렇게 말할 수 있을 것이다. 크라흐트의 작품들은 짧되 짧지 않다. 그의 작품들은 짧기도 하거니와 첫눈에는 가볍게, 또 흥미진진하게 읽히는 것 같기도 하다. 하지만 그러한 최초의 독서 뒤에는 어떤 불투명한 여운이 남고, 우리가 그 여운에 대해 생각할수록, 소설은 어두운 상징적 의미를 드러내기 시작한다. 크라흐트의 문체는 고도로 압축적이다. 그 때문에 어쩌면 작가가 쓰는 것보다 압축하는 데 더 많은 시간을 쓰고 있는 것이 아닌지, 그래서 그의 장편소설이 그렇게 간헐적으로밖에 나오지 못하는 것은 아닌지 하는 생각을 하게 된다. 『나 여기 있으리』역시 이 점에서 예외가 아니다.

대체역사기법?

『나 여기 있으리』는 대체역사적 소설이다. 대체역사란 역사적 사건의 중요한 고리 하나를 실제와 다르게 설정함으로써 그 이후에 우리가 살고 있는 세계와 완전히 다른 세계가 생겨나게 하는 기법이다. 크라흐트의 소설에서 그 고리는 레닌이다. 실제 역사에서 스위스에 망명 중이던 레닌은 1917년 조국에서의 혁명 소식을 듣고 어렵게 독일과 스웨덴을 거쳐 러시아로 돌아간다. 크라흐트는 레닌이 상트페테르부르크행 기차를 타지 못했다고 가정한다. 그 결과는 엄청나다. 러시아에서 공산주의 혁명은 일어나지 않는다. 혁명은 대신 스위스에서 실현된다. 그 결과 스위스소비에트공화국이 수립된다. 스위스는 공산주의적 이상을 위해 싸우는 거대한 식민제국이 되며, 그런 소비에트공화국을 파괴하려는 주변 국가들에 맞서 '정의로운 전쟁'을 치른다. 제1차 세계대전은 실제 역사와 달리 1918년에 끝나지 않고, 현재에 이르기까지 근 100년 동안 계속되고 있다. 그러니까 그것은 1차대전이 아니라 그냥 세계대전일 뿐이다. 전쟁 이전에 태어난 사람은 아무도 없다.

그러면 스위스소비에트공화국이 전쟁을 벌이고 있는 이 가상의 세계는 전체적으로 어떤 모습을 하고 있을까? 러시아는 혁명이 일어나는 대신 수수께끼 같은 폭발사고의 여파로 전 지역이 인간이 살 수 없는 지역으로 황폐화되고 말았다. 전 세계는 몇 개의 패권적 제국, 즉 독일, 영국, 힌두스탄, 한국, 대오스트레일리아 제국의 영향하에 놓여 있다. SSR에 대한 최대 위협은 독일과 영국이다. 소설의 화자는 그들을 파시즘 국가로 지칭한다. 화자가 생각하는 SSR의 목표는 야만적인 제국주의 국가인 독일과 영국을 무찌르고 힌두스탄, 한국, 대오스트레일리아 제국과는 평화협정을 맺는 것이다. 그럼 미국은 어떤가? 소설에서 그곳은 아넥시칸의 땅으로 불리며 끔찍하고 소름끼치는 내전에 휩싸인 채 국제적으로는 아무 의미도 없는 곳이 되었다. 아프리카는 SSR과 영국, 독일 등이 분할하고 있는 것으로 보인다. 이것은 우리가 알고 있는 세계와는 너무나 동떨어진 낯선 세계이다. 실제 역사에서 1차대전 이후 부상한 패권 국가들, 미국, 러시아, 일본은 이 소설에서는 몰락했거나 아예 언급조차 되지 않을 정도로 미미한 존재일 뿐이다. 오늘날 미국과 나란히 최강대국으로 떠오른 중국도 선혀 언급되지 않는다. 대신 현실에서 패권과는 거리가 먼 국가들(한국, 오스트레일리아, 인도 등)이 대제국의 반열에 올라 있다. 인과적 관점에서 볼 때 세계의 이와 같은 전면적 개조는 레닌의 귀국 실패와 이에 따른 러시아 혁명의 불발만으로 정당화될 수 있는 것은 아니다. 크라흐트의 세계를 독자에게 설득력 있게 제시하기 위해서는 수많은 다른 가정(예컨대 러시아에서의 불가사의한 폭발사고 같은 것)과, 자세한 설명이 필요할 것이다.

작가가 그러한 요구에 따랐다면 이 작품은 엄청난 분량의 대하소설이 되었을지도 모른다. 하지만 가상적 현실, 대체 역사에 대한 리얼리즘적 서술은 크라흐트의 관심사가 아니다. 그는 많은 부분을 단순한 암시나 침묵으로 처리한다. 레닌의 귀국 실패라는 가정에서 직접적 영향을 받은 것으로 이해할 수 있는 것은 러시아 혁명의 불발과 SSR의 수립뿐이다. 왜 한국이 패권국가가 되었는가? 중국과 일본은 어떻게 되었는가? 왜 미국은 몰락했는가? 인도는 어떻게 영국의 지배에서 벗어나 루마니아까지 진출한 힌두스탄 제국으로 성장했는가? 크라흐트는 그런 질문에 대해 굳이 답하려 하지 않는다. 그에게 레닌의 귀국 실패라는 반사실적 가정은 세계를 완전히 임의적으로 재기술할 수 있게 해주는 출발점이 될 따름이다. 그의 환상은 그러한 가정과 거기에서 인과적으로 추론될 수 있는 영역의 한계를 넘어 훨씬 더 멀리까지 나아간다. 만일 이 사건이 일어나지 않았으면, 또는 다른 사건이 일어났다면 역사는 어떻게 흘렀을까 하는 문제에 관한 합리적 추론이 대체역사기법 소설의 가장 본질적 요소라고 한다면, 크라흐트의 『나 여기 있으리』는 대체역사 소설이라고 하기 어렵다. 크라흐트에게서 대체역사기법은 그야말로 자유롭게 환상적, 비현실적 세계를 도입하는 구실 정도에 지나지 않기 때문이다.

나와 세계

크라흐트는 세계의 모든 패권 국가들이 참여하는 100년 전쟁을 배경으로 삼았지만 그가 우선적으로 조명하는 것은 전쟁의 와중에서 착란과 혼돈을 헤쳐 나가는 한 인간의 운명이다. 소설이 주인공을 화자로 하는 1인칭 형식을 취한 것은 이러한 작가의 의도를 반영하는 것이다. 간단히 요약하면 『나 여기 있으리』는 96년을 끌어온 세계전쟁의 끝에서 화자이자 주인공인 SSR 뉴베른의 당지도원이 전쟁의 세계와 결별하고 고향으로 돌아가는 이야기이며, 그 귀향은 곧 어떤 기만과 착란에서의 깨어남, 즉 자기 각성의 과정으로 나타난다. 물론 이 자기 각성은 세계에 대한 각성과 함께 일어나는 것이어서, 그런 의미에서 크라흐트의 소설은 '나'의 이야기일 뿐만 아니라 '세계'에 대한 이야기이기도 하다. 그렇다면 소설 속의 '나'는 어떤 나이고, 이 세계는 어떤 세계인가?

제국들

위에서 간단히 설명한 것처럼 크라흐트가 창조한 제1차 세계대전 이후 1세기 동안 세계사는 우리가 알고 있는 것과는 아주 다른 방향으로 전개되었다. 국가 간의 외적 세력 관계를 논외로 하더라도, 매우 두드러져 보이는 차이가 또 하나 있다. 이 세계에는 제1차 세계대전과 제2차 세계대전을 거치면서 서구 세계를 중심으로 확산된 자유주의적 민주주의liberal democracy라는 것이 아예 존재하지 않는 듯하다. 자세한 설명은 없지만 이 소설에 등장하는 모든 주요 국가들은 전체주의적, 전제적 정치 체제에 가깝다. SSR은 구소련과 비교할 만한 정치체제를 가지고 있고, 독일은 파시즘 국가이며, 역시 파시즘적 국가인 영국은 왕이 지배한다. 자세한 설명은 없으나 힌두스탄이나 한국은 동방적 전제정치의 전통을 이어갈 것으로 짐작된다. 이처럼 자유주의적 민주주의의 부재는 유럽의 한복판에 SSR이라는 공산주의 체제가 성립하고 전쟁이 중단 없이 계속된 상황 탓이라고 이해할 수 있다. 실제 역사에서 제1차 세계대전의 종결은 구시대적 제국들을 몰락시키고 공화정과 민주주의의 시대를 열어주었던 것이다.

이 지점에서 크라흐트가 한국을 패권국가로 내세운 또 하나의 이유를 추측해볼 수 있다. 그것은 단지 현실에서 한국이 패권과 거리가 멀기 때문만이 아닐 것이다. 크라흐트는 사진작가 에바 문츠, 루카스 니콜과 함께 평양을 방문하고, 2006년에 『총체적 기억―김정일의 북한』이라는 사진집을 낸 바 있다(그가 남한을 처음 방문한 것은 이 책이 출간된 이후인 2010년이었다). 북한이라는 전체주의적 체제에 대한 경험은 크라흐트로 하여금 이 소설의 '전체주의적' 맥락에서 'Korea'를 주요 패권 국가로 떠올리게 하기에 충분했을 것이다. 다음과 같은 대목은 이러한 짐작을 뒷받침해준다. "무선통신? 뉴민스크에 있는 한국인들조차 아직 무선통신기술을 갖추지 못했는데. 심지어 평양에도 그런 건 없어요"(51쪽). 이것은 물론 휴대전화 시장에서 앞서가는 남한 기업과 남한 사회에 대한 암시이 기도 하다. 서울을 평양으로 바꿔치기하는 식의 유머러스한 현실 전도는 작품 도처에서 발견된다. 스위스가 세계적 대제국이 되었다는 설정 자체가 엄청난 농담인 것이다. 어쨌든 여기서 이야기되는 나라 한국의 수도는 평양이라고 보아야 한다.

이야기가 나온 김에 언급해두자면, 매체와 통신도 현대적인 대중 민주주의 사회에서와는 사뭇 다른 양상을 보인다. 통신 기술은 여전히 전신(電信)의 수준을 넘어서지 않는다. 더군다나 SSR에서는 문자의 망각, 글을 쓰고 읽는 기술의 소멸과 같은 문명 퇴화의 과정이 진행 중이다. SSR의 여장교 파브르는 오직 소리로 된 언어, 구어(口語)만이 중요하다고 주장한다. 매체 및 통신기술의 발전과 민주주의가 긴밀하게 상호작용해왔다는 사실을 생각한다면, 크라흐트의 세계 속에서 매체와 통신 기술이 크게 발전하지 못한 점도 이해할 만하다. 스위스 요새의 건설 등 몇몇 부분에서는 현대의 기술력을 뛰어넘는 면모를 보이기도 하지만, 크라흐트의 세계는 전반적으로 기술적인 면에서 고색창연한 분위기를 띠고 있다.

소비에트의 이상

SSR의 당 지도위원인 주인공의 주관적 시선 때문일 수
도 있지만, 이 소설 속에서 SSR은 여러 제국들 가운데 가
장 인간적이고 숭고한 이상을 추구하는 국가, "정의로운"
국가로 나타난다. 독일인이나 영국인들이 유대인이나 흑
인에 대한 인종주의적 차별과 박해, 착취를 당연시하는
데 비해, 스위스는 아프리카에 진출하여 원주민들을 식민
지적 착취에서 해방하고, 그들에게 근대적 문명의 혜택을
나누어 주며, 그들을 공정하게 대하고, 똑같은 스위스인
으로 대접함으로써 SSR의 이상과 가치를 전파한다. 아프
리카에서 태어나 뉴베른의 당 지도위원이라는 고위직에까
지 오른 주인공은 곧 스위스적 공정성과 개방성, 평등의
이상에 대한 살아 있는 증거이다. 그는 고향에서 스위스
군사학교를 다니면서 스위스에서 온 장교들의 엄정하면서
도 솔직하고 정의로운 교육에 감화를 받는다. 그는 스위
스적 가치를 그 누구보다도 깊이 내면화한 검은 피부의 스
위스 장교가 된다. 그는 동아프리카에서의 SSR의 업적에
대해 다음과 같이 서술한다. "그리하여 동아프리카 전역
에 문명의 혜택이 돌아가게 되었을 때, 오두막마다 전깃
불이 환하게 밝혀지고 밤이면 해안 도시들의 불빛이 선박

들의 길안내를 하게 되었을 때, 농작물을 실은 열차가 남쪽으로, 그리고 의약품을 실은 열차가 북으로 달리게 되었을 때, 마침내 예전에는 그 누구도 알지 못했던 평등이란 이념이 세상을 지배하게 되었을 때, 그제야 스위스인들은 아프리카인을 군인으로 교육시킬 군사 아카데미를 설립하기 시작했다. 본토에서 진행 중인 정의로운 전쟁에서 최종 승자가 되기 위하여"(97~98쪽). 그 전쟁은 "스위스 소비에트의 형제들이 세상의 정의를 구현하기 위해, 인종 증오와 약탈이 없는 세계국가를 건설하기 위해 분투하면서 벌이는 전쟁"(77쪽)이었다. 주인공 역시 의심의 여지가 없이 올바르고 아름다운 이상을 실현하기 위해 전쟁에 뛰어든 것이다. 그 때문에 그는 다음과 같이 말한다. "이 전쟁은 우리 삶의 의미이자 목적이었다."

변태로서의 주인 되기

영국이나 독일과 같은 파시즘 국가들이 아프리카인들을 노예로 만든다면, 스위스 소비에트는 그들을 노예 상태에서 해방시켜 다른 스위스인들과 동등한 국가의 일원으로, 더 나아가 그 국가의 정의롭고 숭고한 이상을 실현하기 위해 최전선에서 싸우는 주체로 변모시킨다. 노예가 주인이 된 것이다. 과연 화자는 당 지도원으로서 어디를 가나 "나리Herr(주인)"라고 불리는 존재가 된다. 그러나 주인이 되기 위해서 치러야 하는 대가 또한 만만치는 않다. 화자는 체와족이라는 본래의 정체성을 포기하고 스위스인이 되어야 하는 것이다. 화자는 군사 아카데미에서 교육을 받으며 빙하의 산정에서 벌어진다는 정의로운 전쟁 이야기에 매혹되어가지만, 그 과정에서도 막연한 공포에 휩싸이곤 한다. 그것은 곤충과 같은 변태의 과정을 자기 몸으로 겪어내야 하는 자의 공포이다.

그러나 한밤중 나를 엄습하는 악몽 속에서, 메뚜기 표본이 든 병이 바닥에 떨어지면서 유리가 산산이 깨어지는 장면이 되풀이해서 나타나고, 심장이 없는 내 왼쪽 가슴의 맨살 위로 차가운 청진기의 금속판이 와 닿는 것을 느끼곤 한다. 온몸이 떨린다. 구역질의 느낌이 사라지지 않는다. 마치 내 몸으로부터 다른 생명체가 태어나는 것처럼, 몸속에서 뭔가 분열하면서 탈피하는 것처럼, 마치 인체 내부의 피부가 벗겨지기라도 하는 것처럼. (77~78쪽)

이 대목은 체와족에서 스위스인으로의 변신이 상당히

문제적인 과정이었음을 암시한다. 과연 어떤 문제가 있었던 것일까?

추격과 환멸

소설 줄거리는 대략 다음과 같이 요약된다. 뉴베른의 당지도원인 '나'는 어느 날 비밀 전보를 통해 스위스령 잘츠부르크의 혁명위원회로부터 브라친스키 대령이라는 사람을 체포해달라는 요청을 받는다. 브라친스키는 뉴베른에 있는 그의 상점에도, 그의 집에도 없었다. 이미 그는 도망쳐버린 것이다. '나'는 그의 뒤를 추적한다. 파브르라는 여장교와 우리엘이라는 난쟁이의 도움으로 그는 스위스 소비에트 최후의 보루인 알프스 요새를 찾아가 그곳에서 브라친스키를 만난다. 하지만 그는 브라친스키를 체포하지 못한다. 실상은 '나'가 브라친스키를 추격해온 것이 아니라, 브라친스키가 주인공을 요새로 유인해온 셈이었다. '나'는 광기에 빠져 있는 브라친스키에게서 유토피아적 이상을 실현하기 위해 분투하고 있다는 스위스소비에트공화국이 아무런 실체가 없다는 충격적 진실을 발견한다. 그는 독일군의 맹렬한 폭격의 와중에 요새에서 빠져나온다. 주인공은 남쪽으로, 남쪽으로 내려간다. 그리고

결국 제노바에서 배를 타고 유럽을 떠나 아프리카로 돌아
간다. 전쟁의 포화 속에서 유럽은 몰락한다. 아프리카를
떠나 유럽으로 와서 문명의 진보와 인간적 가치가 결합된
유토피아를 꿈꾸던 주인공은 다시 아프리카로 돌아가 체
외족이 된다. 사람들은 동아프리카에 건설된 근대적 스위
스식 도시들을 떠나 사바나로 돌아간다. 도시는 황폐화되
고, 도시를 설계한 스위스 건축가는 자살한다. 이렇게 오
디세우스적인 귀향의 이야기는 막을 내린다.

노예의 각성

주인공은 스위스 소비에트가 보여준 물질적 진보와 아
름다운 이상에 현혹되었고, 그리하여 자신의 정체성을 포
기하고 스위스인이 되어 진짜 스위스인보다도 더 진지하
고 열정적으로 스위스 소비에트에 헌신했다. 하지만 실상
그는 스위스 소비에트의 전쟁을 위해 동원된 것에 지나지
않았다. 그는 스스로 자유롭다고 믿는 노예였던 것이다.
아프리카인의 피부색을 조롱하는 스위스 군인들이 엄벌에
처해지는 것도 그가 환상에서 깨어나지 않고 더욱더 열심
히 노예로서 일하도록 하기 위한 소비에트의 배려였을 뿐
이다. 이러한 소비에트의 정책에도 불구하고 인종주의는

만연해 있으며, 주인공의 높은 지위는 그를 처음 대면하는 사람들에게 늘 당혹감을 안겨준다. 그는 그런 경험이 주는 불쾌함을 애써 억누르면서 언제나 당당한 고위 간부로서 처신한다. 하지만 그의 주체성에 대한 의문은 이미 소설 시작 부분에서부터 암시적인 방식으로 제기되고 있다.

매일 아침 역으로 향하다 보면 **마치 무슨 연극무대를 지나가는 것만 같았다.** 일단 흰 서리를 잔뜩 인 구불구불한 함석지붕 오두막들이 죽 늘어서 있고, 그다음 울타리가 나타나면서 나무들이 보이는데, 나무 위의 검은 새들은 **마치 눈에 보이지 않는 연출가가 무대에 끈을 장치하고 거기에 새들을 매달아 한꺼번에 잡아당기기라도 하는 것처럼,** 항상 일제히 막 날개를 펼치고 있는 모습이었다. (16쪽, 강조는 해설자의 것임.)

그가 스위스적 이상에 투신한 것이 설령 착각일지언정 자기 나름의 독자적인 판단을 바탕으로 한 것이라면 그를 꼭두각시에까지 비유할 수는 없을 것이다. 하지만 크라흐트는 주인공이 사람들과 나누는 대화를 통해 그가 스위스적 주체로 재탄생하는 과정에서 단순한 정신적 감화 이상의 개입과 조작이 이루어졌음을 여러 차례 암시한다. 예컨대 파브르와의 다음과 같은 대화 장면들.

"당신은 우리보다 훨씬 더 엄격하네요, 지도원 동지. 하지만 놀랄 일은 아니죠. 우리가 당신을 그렇게 키운 셈이니까요."(45쪽)

"지도원 동지는 항상 모든 걸 다 믿었나 봐요."
"그렇습니다."
"교육받으면서 배웠던 내용 모두 다를요."
"그렇습니다."(58쪽)

브라친스키는 더욱 더 노골적으로 이야기한다.

"당신의 기억은 사실이 아니에요. 우리가 실제라고 부르는 그런 사실 말입니다. 당신은 청소년 시절부터 줄곧 세뇌를 받아왔으니까."(160쪽)

이것은 매우 충격적인 진술이다. 지금까지 독자가 의존할 수 있는 것은 오직 1인칭 화자의 기억뿐이었다. 그런데 그의 기억이 사실이 아니고 조작의 산물이라는 것이다. 브라친스키의 말도 어디까지 믿어야 할지 알 수 없지만, 어쨌든 이런 발언으로 모든 것이 불확실해진 것만은 분명하다. 그는 독일군의 공습으로 인한 파브르의 죽음도, 지뢰밭에서의 난쟁이 우리엘의 희생도 모두 환각일 수 있음을 암시한다. 브라친스키는 또 이렇게 말하기도 한다.

반혁명이니, 반공산주의니, 이단이니. 그런 건 전부 애들 말장난에 불과하니까. 당신은 스스로를 재교육할 필요가 있어요. 지도원 동지, 당신은 사실 노예입니다. 알고 계시나요? 당신은 스위스의 노예라고요. 노예로 태어나 노예로 훈련받고 노예로 만들어진 거죠. 당신과 당신의 민족은 그냥 대포밥이에요. 로봇이라고요. 그 이상의 의미는 없답니다. 당신의 어린 시절은 한 편의 위조입니다. (162쪽)

주인공 자신으로 말하면, 그 역시 요새가 소비에트의 통제를 완전히 벗어나 있고, 그곳에 혁명위원회라는 것도 없다는 사실을 브라친스키를 통해 알게 되면서부터, 비로소 심각한 자기 회의에 빠지기 시작한다. 그 전까지 그는 '정의로운 전쟁'이라는 관념에 매몰된 나머지 노예로 동원된 형제의 고통을 전혀 느끼지 못하고 있었다. 그는 뒤늦게 '나'는 누구인가를 고통스럽게 자문한다.

그들은 정녕 내 형제들이었을까? 독일제 총알이 그들의 두개골을 수천 조각으로 박살내는 순간, 혹은 유탄이 폭발하며 그 압력으로 그들의 내장이 피투성이 벌레처럼, 누런 고름덩이 구더기처럼 뱃가죽을 찢고 튀어나오던 순간, 그들은 내 핏줄 내 종족이었을까? 내가 항상 하듯이 그들을 가장 먼저 참호에서 밖으로 출동시키던 순간, 입으로 호루라기를 불면서, 철조망 아래를 기어서, 엄호사격이 빗발치는 바깥으로 올려보내던 순간, 언제나 그들을 최우선으로, 그리고 가장 나중에서야 백인들을 내보내던 순간, 그때 나는 무엇을 느꼈을까? 나는 어떤 느낌이었을까? 밤마다 전선에 내버려진 부상자들의 고통에 찬 신음소리, 비참하고 처절한 비명소리, 물에 빠져 죽어가는 익사자들의 목구멍이 힘겹게 그르렁거리는 소리, 폐에 총상을 입고 전선 중간지대에 쓰러져 나뒹구는 니안자족, 혹은 소말리족, 혹은 와차가, 혹은 보라나, 혹은 루오, 혹은 하베샤, 키쿠유 족 병사들의 절망적인 외침소리를 들었던 자는, 그리고 구조를 호소하는 그들의 외침소리가 마침내 점차 사그라지면서 꺼져가는 것을 듣고 있었던 자는 내가 아니고 다른 사람이었단 말인가? 아프리카 출신 장교인 나는 이 모든 참혹함에, 아무도 쳐다보는 이가 없을 때면, 그냥 귀를 닫아버리고 말았던 것일까? 나는 단 한 번이라도 내 민족을 위해서 눈물 흘린 적이 있었던가? 아니 진정으로 그들이 내 형제라고 생각한 적이 한 번이라도 있었던가? 아, 눈꺼풀이 사라져버렸다. 이제 때가 된 것이다. 그때가 도래했다. 나는 눈을 감았다. (141~142쪽)

이제 전쟁과 결별해야 한다. 고향으로, 진짜 형제에게로 돌아가야 한다.

스위스 요새

실제 역사에서 스위스의 알프스 요새Schweizer Réduit는 19세기 말부터 건설되기 시작했다. 제1차 세계대전 이후 방치되다시피 한 요새의 긴급한 필요성이 다시 대두된 계기는 나치 정권의 등장과 제2차 세계대전의 발발이었다. 특히 1940년에 프랑스가 독일에 넘어가고 스위스의 국경선이 추축국에 완전히 둘러싸이게 되면서 위기감은 극도에 이른다. 히틀러의 성격으로 볼 때 중립국 지위로 평화를 보장받는다는 것은 순진한 환상에 지나지 않았다. 스위스 정부는 엄청난 비용을 들여 알프스 요새를 강화, 확장하고 유사시에 요새로 이어지는 모든 도로와 다리를 파괴하여 요새 안에서 끝까지 저항한다는 계획을 세우게 된다. 독일 특유의 전격전으로 험한 산악지대에 틀어박혀 싸우는 스위스군을 제압한다는 것은 불가능했다. 스위스와 전쟁을 한다는 것은 얼마나 오랫동안 싸워야 하는지, 어느 정도의 군사적 비용을 치러야 하는지, 승산은 있는 것인지 모든 것이 불투명한 게임에 뛰어든다는 것을 의미했다. 독일은 스위스를 포기했다. 스위스는 요새 방어 계획만으로 전쟁의 참화를 피해갈 수 있었다. 스위스의 알프스 요새는 어떤 외적에도 굴하지 않는 스위스 정신의 상징이자 전설이 되었다.

의미의 중심―무의미

크라흐트의 세계에서도 스위스는 알프스 요새에 절대적으로 의존하고 있다. 독일군은 요새를 맹렬히 공습해보지만 험한 산속에 굴을 파고 틀어박힌 스위스인들은 끄떡하지 않는다. 브라친스키를 찾아 요새에 처음 들어온 화자는 이곳을 다음과 같이 묘사한다.

요새의 전체적인 모양은 무서울 정도로 살아 움직이는 유기체를 연상시키는 면이 있었다. 하지만 위로 올라가면 갈수록 모든 형태와 분위기는 기계적인 무기물 덩어리에 가까워졌다. 요새의 위쪽, 산 정상에 가까워지면 점차 갱도는 수직으로 곧아졌고 벽들과 천장은 점점 반듯하고 정확한 모양을 갖추어, 그 사신 위에 세워진 어떤 건축학적 의지를 충분히 알아볼 수 있었다. 실제로 요새 구축은 백여 년 전에 시작되었다. 최초의 단계는 바위산 속으로 단순한 모양의 갱도를 여러 개 뚫고 천장을 통나무로 받치는 작업이었다. 그다음에는 통나무가 철제 지지대로 교체되었고 갱도와 갱도를 연결하는 터널이 만들어졌다. 터널은 원래 존재하던 자연 동굴들을 서로 이어주는 역할도 했다. 그렇게 하여 수직과 수평의 갱도와 동굴들이 서로 그물처럼 연결되며 뻗어 나갔고, 이 그물망과 저 그물망이 다시 이어지기를 반복하면서 마침내 요새는 그 끝이 어디인지 정확히 알 수가 없을 정도가 되었다. 그리고 더욱 많은 인원과 물자를 운반하고 수용하기 위해서 기존의 동굴 공간을 지속적으로 넓히고 선로와 포장도로를 깔았으며, 곳곳에 영국 대성당의 크기와 맞먹는 규모의 강당과 방들을 만들었다. 요새의 확장은 지금도 여전히 진행 중이었다. 지하로 점점 더 깊이, 그리고 바위산 속에서 점점 더 위를 향해 산 정상으로 뻗어 나갔다. (130~131쪽)

요새는 갱도와 동굴이 복합적으로 얽혀 있어 그 끝이 어디인지 정확히 알 수 없는 미로이다. 게다가 지하선로는 계속 더 확장되고 있다. 브라친스키는 이와 관련하여 다음과 같이 말한다. "이곳의 상황을 잘 보면 아시겠지만 요새는 이제 스스로 자립하는 존재가 되었어요. 규모는 점점 커지고, 지금도 하루하루 계속 성장하는 중입니다" (137쪽). 그에 따르면 요새는 몇 년 전까지 지휘부가 있었지만, 이제는 지휘부조차 없이, 소비에트의 통제에서 벗어나, 자체 논리에 따라 돌아가고 또 성장해가고 있다. 브라친스키는 말한다. "소비에트는 우리가 여기 위에서 뭘 하고 있는지 모릅니다. 그리고 솔직히 관심도 없고요" (137쪽). 그리하여 요새는 "자치적인 또 하나의 스위스" (138쪽)가 되었다. 본래 요새가 "스위스 정신의 화신"이라고 믿어온 화자는 브라친스키와의 대화 끝에 다음과 같이 결론 내린다.

이 위쪽 요새 상층부는 어쩐지 끝장이 난 듯하다는 생각이었다. 모든 정신을 좀먹는 압도적인 퇴폐에 점령당해 있으며, 이 요새 자체가 바로 데카당의 선언이다. 요새는 수십 년 동안 자생적으로 존속하면서 스스로 무정부주의의 현신이 되어버린 것 같았다. 그 무엇에 의해서도 더 이상 정복되지 않는 존재이므로. (151쪽)

스위스 소비에트는 스스로를 지키기 위해 그 누구도 침투할 수 없는, 그 누구에 의해서도 정복당하지 않을 요새를 필요로 했다. 그러나 바로 그 침투 불가능성과 정복 불가능성 때문에 요새는 스위스 소비에트에서도 떨어져 나와 무정부주의의 현신이 되었다. 요새의 상층부는 브라친스키 같은 인물에 장악되어 있다. 그는 그곳에서 환각제 같은 것을 먹으며 사물적 언어, 즉 사물처럼 상대방에게 전해지고 물리적 충격을 줄 수 있는 언어를 만들어내려는 비합리주의적 실험에 몰두하고 있다. 브라친스키의 광적인 정신세계는 지금까지 화자가 정의로운 전쟁을 이야기하면서 강조해온 계몽적 이상주의와 무한히 멀리 떨어져 있다. (브라친스키의 "연기언어"는 폴란드 작가 스타니스와프 렘의 소설 『솔라리스』를 강하게 연상시킨다. 우주기지 안에서 인간의 기억과 회상은 그대로 물질적 현실이 되며 그것은 인간을 광기에 빠뜨린다. 브라친스키가 폴란드인이라는 사실은 우연이 아니다.) 혁명의 심장부는 데카당하다. 전체주의적 국가의 핵심에는 무정부주의가, 의미의 핵심에는 무의미가 도사리고 있다.

그것은 요새의 벽에 그려진 다양한 그림을 통해서 상징적으로 표현된다. 주인공이 처음 요새에 도착해서 보았던 아래쪽 동굴 벽에는 혁명에 이르기까지의 스위스 역사가 사회주의 리얼리즘 양식으로 부조되어 있었다. 여기까지는 혁명과 이념과 의미의 세계이다. 그러나 그림은 뒤로 갈수록, 즉 상층부로 올수록, 점점 더 데카당한 빛을 띠게 되며, 마지막 단계에 이르러서는 자연적 형태를 잃고 극도로 추상화된다. 그리하여 화자가 어린 시절 아프리카 동굴에서 보았던 원시적 미술에 접근한다. 그것은 소비에트의 이상이 추구하는 것 반대편의 세계, 문명 이전의 세계로의 회귀이다.

아래의 동굴 프레스코 벽화가 묘사해놓은 스위스 역사는 이 상층부로 와서 진행을 멈추고 정체에 접어든 듯이 보였다. 일렬로 연속되는 사건, 전투, 행진, 사열식이—사실상 그 역사란 것이 전쟁의 역사이므로—점차 이상하게도 동시적인 업적의 나열로 바뀌고 있었던 것이다. 〔……〕 익명의 조각가들이 완성한 이 프레스코화는 단순히 고도의 양식화를 통해 제작되었을 뿐만 아니라 일정한 규칙에 따라 사물을 점점 더 추상화시킨다는 공통점이 있었다. 그래서 내가 벽화의 진행에 따라 방과 방을 지나쳐 갈수록 그림 속의 형체들은 더더욱 사실성을 잃었고, 수천 미터의 벽을 지나간 다음, 즉 요새의 가장 꼭대기 층에 이르자 방과 통로에서 나타나는 그림 속 형상들은 더 이상 자연 상태의 모습을 지니고 있지 않았다. 사물들은 단지 어떤 틀 혹은 평면에 불과한 것, 제각각 해체된 형태, 그리고 마침내는 무형의 존재들로 나타났다. 이곳 최상층부, 브라친스키와 로에리히가 있는 곳에 이르러 인간의 역사는 실제로 현기증과 구토증을 일으키는 소용돌이 속으로 다시 진입한 것이다. 내가 어린 시절 보았던 팡가, 총고니 동굴 벽화에서처럼, 달팽이 껍질, 회오리 도형이 불러일으키는 현기증, 한가운데를 향해 끝없는 집중력으로 모여드는 동심원의 세계로.(153~154쪽)

혁명의 심장부가 데카당하다는 것, 국가의 핵심이 무정부주의적이라는 것, 의미의 중심에 무의미가 놓여 있다는 것, 이것이 우리의 주인공인 당 지도위원을 착란에 빠뜨린 기본 메커니즘이다. 주인공만이 이러한 착란에 빠져든 것은 아니다. 어떤 의미에서 소비에트 자체가 이러한 메커니즘에 배반당했다고 할 수 있다. 다만 주인공은 소비에트 중심으로부터 가장 멀리 떨어져 있는 외곽(아프리카의 군사학교. 여기에서 의미는 가장 충만하다)에서 출발하여 요새의 핵심부(이것은 무의미의 극점이다)에까지 도달했기 때문에 이러한 배반을 누구보다도 극적으로 체험한 것이다.

비유토피아적 문명

스위스 소비에트의 배반과 몰락을 실제 역사에서 1980년대 말, 90년대 초에 진행된 사회주의권의 붕괴와 비교할 수 있을까? 실제 역사의 소비에트 국가 역시 이와 유사한 배반의 과정을 거쳐갔다고 말할 수 있을 것이다. (북한의 경우도 마찬가지다. 지도자는 혁명을 위해 절대적으로 '보위'되어야 하며, 그래서 철옹성 같은 요새 속에 있다. 그리고 그 요새 속의 지도자는 무한히 데카당하다.) 다만 현실 사회주의 체제는 이러한 배반이 이미 오래 전에 명백해진 이후에도 계속 명맥을 유지하며 시간을 끌다가 지리멸렬하게 붕괴되어갔다는 점에서 스위스 소비에트와 다르다.

또 다른 점은 없을까? 크라흐트는 유토피아의 허상이 드러난 순간을 근대적 서구 문명의 종말과 일치시킨다. 스위스 소비에트의 몰락과 함께 유럽은 몰락하고, 스위스 식민 도시들도 붕괴된다. 아프리카인들은 원시적인 자연적 삶으로 돌아간다. 실제 역사는 사뭇 다르게 전개되었다. 동구의 몰락은 단지 현실 사회주의의 붕괴에 그치지 않고 서구에서도 가장 중요한 유토피아적 이상이었던 마르크스주의의 최종적 죽음으로 귀결되었다. 하지만 유토피아적 이상의 실종에도 불구하고 서구 문명은 계속되고 있으며, 동구를 비롯하여 전 세계는 확장적 자기 재생산 이외의 다른 목표를 알지 못하는 그런 비유토피아적 문명의 식민지가 되고 말았다. 우리의 세계는 유토피아 없는 문명. 포스트유토피아적 문명이다. 크라흐트는 유토피아의 죽음과 문명의 죽음이 일치하는 가상적 세계를 제시하면서, 우리에게 묻는다. 영혼이 없는 문명 속에서 견딜 만합니까? 라고. 그는 소설의 서두에 배치한 D. H. 로런스의 말을 통해 바로 이러한 질문을 던지고 있는 것이다. "이 세계에 인간은 단 한 명도 없고 오직 풀만이 무성하게 자라나 있다면, 그리고 토끼만이 우글거린다면, 생각만으로도 너무나 아름답고 깨끗하지 않은가?"

에필로그 – '나'는 누구인가?

　이미 지적한 것처럼 이 소설은 주인공이 자기 자신의 경험을 이야기하는 1인칭 형식을 취하고 있지만, 역설적으로 '나'는 수수께끼에 싸여 있다. 그는 다른 인물들에 의해 지도원 동지라고만 불릴 뿐이어서 우리는 그의 이름조차 알지 못한다. 독자에게는 그가 아프리카 출신이라는 것도 소설이 시작되고 꽤 시간이 지난 뒤에야 밝혀진다. (독자들이 이 해설을 먼저 읽는 일이 없기를.) 또한 그는 가슴 오른쪽에 심장을 달고 있는 아주 특별한 인간이다. 브라친스키는 '나'가 심장이 왼쪽에 있지 않음을 확인했을 때 충격에 휩싸여 스스로의 눈을 뽑아버린다. 오이디푸스 신화를 연상시키는 이 장면은 브라친스키–파브르–'나'의 삼각관계 속에 범상치 않은 의미가 숨겨져 있음을 짐작하게 한다. '나'가 브라친스키를 찾아가다가 만나서 사랑을 나눈 여인 파브르(그녀는 목에서 나는 쇳냄새와 겨드랑이의 전기 콘센트를 통해 사이보그임이 암시된다)는 브라친스키의 아내였다. '나'는 파브르와 브라친스키의 기이한 언어에 관한 대화를 나눈 뒤 생생한 환각 속에서 브라친스키와 파브르와 대여섯 살 쯤 되어 보이는 흑인 소년을 본다. 그 소년은 눈 전체가, 홍채, 망막, 눈동자 모두가 완전히 새파란 색이었다. 그 순간 '나' 는 이들을 하나의 가족으로 느낀 것 같다. 이 환각을 보고 곧바로 "당신과 브라친스키는 혹시……?"라고 묻기 때문이다. 요새에서 브라친스키는 '나'에게 그 환각에 대해서, 특히 그때 본 소년의 눈 색깔에 대해서 묻는다. '나' 는 그것을 기억하지 못한다. 그런데 소설의 마지막에서는 '나' 자신이 바로 그 소년의 모습으로 변화하기 시작한다. "내 눈동자는 이제 완전히 푸른색으로 변했다. 아니 단순히 푸른색이 아니라 울트라마린이라고 해야 하리라. 홍채와 동공뿐 아니라 망막까지도. 선장은 나를 보더니 깜짝 놀랐고, 아프리카인 선원들은 나에게 길을 비켜주었다"(185쪽) 이러한 기이하고 환상적인 설정들은 '나' 의 귀향을 단순히 본원적 정체성의 회복으로 해석하는 것을 방해한다. '나' 는 계속 변모한다. '나' 는 체와족에서 혁명적 스위스 장교로 변신했다가, 다음에는 파브르와 브라친스키의 영향 속에서 데카당하면서 동양적이고 선불교적인 깨달음(悟)의 세계를 체험한 뒤, 요새를 떠나 아프리카의 비문명적 자연의 세계로 돌아간 것이다. 그는 방랑하는 자이며, 그가 살았던 곳의 다양한 힘들을 몸속에 받아들인 자이고, 그리하여 이질적이고 혼종적인 정체성들을 한데 끌어안고 있는 자이다. '나' 는 유럽, 아프리카, 아시아, 아메리카 등 전 세계를 옮겨 다니

218

며 살아가는 코스모폴리탄적 작가 크라흐트의 거울상이
아닐까.

멋지고 음울한 남자의 소설

2000년대 초반, 나는 우연히 손에 들어온 『1979』란 책을 읽었는데, 그것이 크리스티안 크라흐트와의 첫번째 만남이었다. 그때까지 나는 크라흐트란 작가를 몰랐다. 야코프 하인Jakob Hein의 『나의 첫번째 티셔츠』를 통해 독일 신세대 문학의 한 경향인 소위 '팝문학'을 직접 접해본 것이 전부였다. 대부분의 한국 독자들과 마찬가지로 나에게도 독일 현대 문학은 페터 한트케Peter Handke나 막스 프리슈Max Frisch 등에서 멈추어 있었다.

『1979』를 통해 받은 크라흐트에 대한 내 첫인상은, 한국에는 없는 장르의 작품을 쓰고 있구나, 란 것이었다. 멋진 남자의 소설, 바로 그것이었다. 그러나 그 남자는 불운

하다. 그 남자는 음울하다. 그 남자는 스스로 고독하고 험한, 심지어는 믿을 수 없는 불확실성의 고원을 향해, 믿을 수 없게도 홀로 길을 떠난다. 그런 남자, 자신의 세계 속에서 독특한 자아로 무장하기는 했으나, 고전적인 독일문학의 지평에서 볼 때 로베르트 무질Robert Musil이나 토마스 베른하르트Thomas Bernhard의 글에서 나타나는 그런 남자가 아니다. 문학보다는 영화에서 보았을 법한, 그런 멋지고 우울한 남자.

그리고 두번째는, 이 책『나 여기 있으리 햇빛 속에 그리고 그늘 속에』에서도 드러나듯이, 거부할 수 없게 매혹적인 이국 취향의 발현이다. 개인적으로는 이 점이 크라흐트의 가장 큰 특징이자 매력이라고 생각한다. (가지 못한 나라, 혹은 여러 가지 이유로 갈 수 없는 나라에 관광객이 아닌 사연을 지닌 고독한 히어로로서 발을 디딜 수 있다는 것은 사람들이 여행안내서가 아닌 문학 작품을 읽는 이유이기도 하다.)『1979』에서는 1979년 당시 종교혁명의 파도에 휩싸여 있던 이란과 금지된 땅인 티베트의 성산(聖山) 카일라스(수미산), 그리고 마오쩌둥 치하의 암울한 중국 대륙의 강제수용소가 배경이다. 내가 크라흐트에게 처음 느꼈던 매력 또한 바로 그 요소였음을 인정할 수밖에 없다.

책을 읽으면 알 수 있지만, 크라흐트의 문장은 매우 easy reading이고 서술은 light하며—그렇다고 해서 의미 자체까지 가벼운 것만은 아니지만— 영화의 장면을 연상시키는 간결하고 감각적인 편집, 그리고 소프트한 멜랑콜리를 담고 있다. 또한 가상현실을 그리는 디스토피아 소설이지만 작가의 설정을 상세하게 설명하는 일을 과감할 정도로 생략해버림으로써, 사건의 인과관계를 치밀하게 추적하거나 논리적 정당성을 확보하기보다는 독자들이 감성의 힘을 이용해 스토리 안으로 동화되기를 바라는 소망이 느껴진다.

근래 독일의 젊은 작가들에게서 두드러지는 경향 중의 하나로 '저항'이 사라졌음을 들 수 있는데, 이것은 나이가 젊은 작가들일수록 강렬하게 나타나는 특징이다. 작년에 『아홀로틀 로드킬Axolotl Roadkill』의 표절 시비로 독일문단에 큰 화제가 되었던 10대 작가 헬레네 헤게만Helene Hegemann이 그 대표적인 예이지만 크라흐트의 경우도 다르지 않다. 이점은 비트문학이나 팝문학이 처음 출발하던 당시와의 근본적 차이라고 할 수 있다. 번역작업을 하면서 문득 든 생각이지만 혹시 크라흐트는 자신의 문학언어가 마음껏 표현할 수 있는 충분한 음율의 에너지를 현실에서 찾을 수 없어서 가상현실, 가상역사, 가상의 디스토피아라는 도구를 사용한 것은 아닐까. 그러나 가상이란 현실의 돌연변이이며 파생된 사실인 것도 맞다. 전쟁과 인종차별, 인간의 잔혹함, 끝나지 않는 보복, 인간의 광기, 그리고 최후에 남게 되는 자연의 위안과 고향에 대한 그리움. 항상 우리 곁에 당연하게 존재하는 이런 요소들이 이 책 『나 여기 있으리······』의 재료이다. 그렇게 본다면 작가에게 현실은 영원히 마르지 않는 음울의 원천인 셈이다.

배수아